被审判的法官

[日] 芦边拓 著 夏言 译

隐身的复仇者
ダブル・ミステリ

图书在版编目（CIP）数据

隐身的复仇者 /（日）芦边拓著；夏言译. — 福州：海峡文艺出版社，2021.12
ISBN 978-7-5550-2757-7

Ⅰ.①隐… Ⅱ.①芦…②夏… Ⅲ.①推理小说—日本—现代 Ⅳ.①I313.45

中国版本图书馆CIP数据核字（2021）第211188号

DOUBLE MYSTERY
GEKKINTEI NO SATSUJIN/NON-SERIAL KILLER
By Taku Ashibe
Copyright © 2016 Taku Ashibe
All rights reserved.
Originally published in Japan by TOKYO SOGENSHA CO., LTD., Tokyo.
Chinese (in simplified character only) translation rights arranged with
TOKYO SOGENSHA CO., LTD., Japan
through THE SAKAI AGENCY and BARDON-CHINESE MEDIA AGENCY.

本书中文简体版权归属于银杏树下（北京）图书有限责任公司
著作权合同登记号：图进字13-2021-085

隐身的复仇者

[日] 芦边拓 著；夏言 译

出　　版：	海峡文艺出版社
出 版 人：	林　滨
责任编辑：	陈　瑾
编辑助理：	卢丽平
地　　址：	福州市东水路76号14层 邮编 350001
电　　话：	（0591）87536797（发行部）
发　　行：	后浪出版咨询（北京）有限责任公司

选题策划：后浪出版公司
出版统筹：吴兴元
编辑统筹：梅天明
特约编辑：刘　君
营销推广：ONEBOOK
装帧制造：墨白空间·黄海

印　　刷：	天津创先河普业印刷有限公司
经　　销：	新华书店
开　　本：	787毫米×1092毫米 1/32
印　　张：	8.25
字　　数：	150千字
版次印次：	2021年12月第1版　2021年12月第1次印刷
书　　号：	ISBN 978-7-5550-2757-7
定　　价：	48.00元

后浪出版咨询（北京）有限责任公司常年法律顾问：北京大成律师事务所　周天晖 copyright@hinabook.com
未经许可，不得以任何方式复制或抄袭本书部分或全部内容
版权所有，侵权必究
本书若有质量问题，请与后浪出版咨询（北京）有限责任公司图书销售中心联系调换。电话：010-64010019

目录 CONTENTS

第一章　森江春策前往平底锅岛　1

第二章　与"悬梁法官"共进晚餐　29

第三章　连岛沙洲现象——失去琴脖的月琴　49

第四章　死刑执行人在夜里漫步　79

第五章　"悬梁法官"被割了头躺在地上　105

第六章　煮鸡蛋在口袋，替身在电梯，闯入者在旅馆　131

给读者的邀请函　149

第一章

森江春策前往
平底锅岛

1

第一眼透过前窗玻璃看到那里的风景时，森江春策不假思索地嘀咕了一句："这岛简直就是个倒扣的平底锅嘛。"

在距离岸边约莫一百几十米之外的海面上，露着一个周长不足一千米的小岛。那岛几乎呈正圆形，上面郁郁葱葱，再加上整个从海面豁然隆起，的确容易让人联想到锅。

要说为何不是普通的锅，而非得是平底锅，那是因为从岛的一角还径直延伸出一条长尾巴，简直跟带手柄的锅一模一样。

这条宛若天然跨海大桥的尾巴和森江此时驱车行驶的沿海部分是连着的，看起来应该能直接从上面开过去。

就像镰仓的江之岛？还是说得更洋气点，叫"日本的圣米歇尔山"？森江一边看着岛，一边想着这些无聊的事。不过后者还是太潮了，他可说不出口。

说起圣米歇尔山，那座岛位于法国西海岸的圣马洛海湾，因为岛上那座拥有一千三百年悠久历史的同名修道院而知名。据说那里也跟江之岛一样，在架起大桥之前，人们只能把靠自然之力生成的沙洲当成往来的道路，于是去岛上巡礼的人被浪涛吞没丧命的事便时有发生。

这且不说……

森江看了眼仪表盘上的时间，感觉有一丝焦躁。

天眼峡到底在哪儿啊？按理说，名字里带个"峡"字，应该是在山间吧？可这不知不觉间都已经跑到海边来了啊。

天眼峡就是今天的目的地，而约好的时间马上就要到了。在来这儿的路上，他已经跟路过的店家打听了路线。的确就是这里，没错啊……

即使想再找人问问，周围也基本上看不到人影。不过，既然连往来的车辆都没有，无奈之下，他也只能让爱车继续跑着，朝那个平底锅岛渐渐靠近。就在这时，一块像是本地人手工制作的朴素招牌映入眼帘：欢迎来到日本的圣米歇尔山——天眼峡！

正在琢磨此事的森江好像被人看透了脑袋里的想法似的，猛地吓了一大跳，接着他又想起一件事。

呃，该不会是……

他把开过头的车又倒了回去，重新查看招牌，视线落在了上面画的一个箭头上。

箭头所指的地方，正是相当于平底锅手柄的跨海大桥起头的地方。而且在招牌的一角，还非常有预见性地标注了"月琴亭旅馆"的字样。

月琴亭正是今晚的目的地。森江从副驾驶座上的包里抓起信封，匆忙地确认起内容来。

他仔细研究了一下邀请函中所附的简略地图，想找出本以为会写在山谷一带的"天眼峡"三个字。可他这么认真一看，却真的发现这三个字写在表示大海的空白部分。

"……原来如此。"

森江春策被自己的迷糊震惊了，对这地图的粗糙和晦涩也难掩失望，上面竟然连海洋和陆地都没好好区分一下。

那个不是平底锅，而是算命先生的天眼镜。说不定名字就是这么来的吧？

那直接起个"天眼岛"之类的名字不就好了吗，弄得这么复杂？或许这里本来的确是陆地，而且地处山与山之间，用"峡"这个字挺合适的，但后来可能因为侵蚀作用或是地壳变动被海水吞没了吧。

这种探究先放一边，这下目的地一清二楚了。不过，还是有一个疑问。

会场是旅馆吗？邀请函上可是只写了"月琴亭"的啊。

不过这都是小事，反正又不会在那儿过夜。

森江没把从信封里掏出来的地图放回去，而是将它扔在了仪表盘上。接着他慢慢转动方向盘，从沿海路往平底锅——不，是往天眼镜——的手柄头上奔驰而去。

森江起先的失望也好，后悔也罢，很快就被赞叹取代了。因为比从远处眺望所见的更为珍奇的美景正在他眼前展开。

"啊，不愧是……"

也不怪他不假思索便脱口而出。眼前是一条贯穿海洋的弧度舒缓的长路，尽头是轻轻漂浮的小岛剪影。

虽然这座圣米歇尔山上既没有和小岛宛若一体的古老建筑，也没有耸立的哥特式尖塔，但此处的景致也算罕见。

这条海上行道只有中间部分铺设着木板，两旁则仍堆积着赤裸的岩石和无数石子，表明这里的确是附近的洋流冲积而成的沙洲。

行道最外侧就是夹道的墨色海水，海面不时闪动着白色的浪头。要是不留神，一个巨浪卷过来，可能当即会被冲走。透过两侧的玻璃窗看到的几乎都是海，他感觉就像是在水上滑行一般，不禁让人毛骨悚然。

幸好海面很平静，只是发生了一点微不足道的小意外：忽然从旁边吹来一阵风，把仪表盘上放着的信纸卷了起来。

从信封里掏出来后真不该就那么放着。一张信纸啪的一声贴在了前方的玻璃上。

信纸几乎完全挡住了视线，森江赶紧把它掸掉。毕竟这条路很窄，只要方向盘稍微错位那么一点点，就有可能连人带车翻进海中。

的确更应该担心这个。毕竟，即使信纸被风吹跑了，信上所写也都已经在脑中了。在他繁忙而单调的生活中，这封信简直专门瞄准了仅有的闲暇时间，飘然降临。其内容如下：

森江春策先生：

首先祝您生意兴隆。

我们是一家名为"Forgotten Filmworks"（失落的影像）的非营利组织，主要从事老电影作品的发掘、修复及放映活动。本次我们发现了绝版电影《黄金梦幻城》的胶片，想向您介绍一下报告会暨放映会的活动计划。

这部电影是由已故演员、曾经作为少男少女的偶像风靡一时的梦宫幻太郎主演的最后一部作品。不知为何，这部作品几乎没有留下记录，甚至有人对其是否存在过都表示怀疑，直到前些日子，终于有人从某位经营电影院的富豪的收藏品中找到。

据我们所知，森江先生因工作之便，曾瞻仰过本作的部分内容。我们恳请您莅临本次放映会，将这次发现的作品与您记忆中所见进行比较，真的非常期待聆听您的感想。

奶油色的信纸上码着电脑打出来的字。信封不知道是特别定制的，还是手工制作的，上面只有收件人姓名是手写的，其尺寸与寄到事务所的所有信封都不一样。另外，封口还贴着用过的外国邮票，这一点也挺让人感到稀奇的。

这么一说，好像是有这么回事，森江读着信的同时想了起来。

那是一个他作为律师偶尔会遇到的和遗产继承有关的案子，虽然最后还是和往常一样，让他以"侦探"的身份发挥了作用。他记得那时候自己的确看了一个电影片段,是叫这名字。

森江春策并不是复古风爱好者,可是不知怎么回事,他总是会遇到很多仿佛发黄了一般具有怀旧意味的事。他对这一类东西倒也并非全无兴趣,只是明显有人更合适,比如他的一位朋友。

森江的那位朋友与其说是复古风爱好者,不如说只是没跟上时代的侦探小说家。要是把这个机会让给他,想必他一定会很高兴吧。然而遗憾的是,信里有一段话断绝了这种可能性:

> 想必您能理解,电影胶片的权利关系是非常复杂的。当然公开之后我们会披露全部信息,但现下我们希望采取内部交流会的形式,只对特定的客人送上邀请函。也许您的朋友中有人对此很有兴趣,但请务必不要外传。
>
> 关于地点和时间,请参见另附的信纸。特别是考虑到会场"月琴亭"的情况,请您严格遵守出席活动的时间……

哎呀!

森江春策忽然眨了眨眼。原来他发现沙洲行道上,有个人影正一步一步地往前走。

那是位一身黑衣黑帽、看起来还很年轻的女士。苗条修长的身上裹着长夹克和长裙，帽子下逸出的长发在海风中恣意飞舞，那女士微微向前弓着身子走着。

总觉得这身打扮非常老旧。而且像是为了与之搭配似的，她还提着一个行李箱，就跟绿山墙的安妮赶到布莱特河车站时提的那个一样。

森江放缓了车速。虽说距离并不是很长，但毕竟这路面不太适合女性穿的鞋子，他还是有点担心。

那位女士好像察觉到了森江车子的存在，身子忽地往路边一躲。然而，这时她脚下被沙子绊住，猛地踉跄了一下，行李箱被用力向海面挥出，眼看就要落入海中，所幸她马上又将它拉了回来。

森江春策隔着驾驶座一侧的窗户看到此情此景，急忙停下了车，从窗户中探出脑袋："喂——要我搭你一程吗？"

女士讶异地看着他，脸上写着"什么"的表情，大概还带着几分怀疑。

这人大概三十岁不到。长脸，高鼻梁，是一张典型的日本脸。形似圆顶礼帽的帽子底下伸出的又黑又直的头发长达腰际，透过上衣领口可以看到里面白色的衬衣和黑色的十字领花。

森江被她那毅然决然，同时又略带几分妖媚气息的姿态所震慑。不过他还是提高了声音说："那个，你该不会是要到前面的月琴亭旅馆去吧？"

"嗯……"女士嘴上答着，脸上挂着困惑，内心却流露出了警惕。月琴亭旅馆就是前面那封信上所写，要在天眼峡举办电影放映会的会场。

"没错。所以呢?"她用闲着的那只手把随风乱飞的头发按在颈项间,用耳语一般的声音回答道。

"没什么,其实我也正要去那边,所以……"正说着,森江从车窗伸出来的脸上啪嗒啪嗒地落了几滴小雨。

两人同时仰头,只见方才还晴朗的天空此时已阴了大半,而且看云的架势似乎要下大雨。不过另一侧的窗户并没有湿,由此可见,也可能只是局部降雨。

"总之快上车吧,我也是来参加同一个会的,而且前面还挺远……"

"不用,没关系。"女士的回答冷若冰霜。她像变戏法一般唰地拿出一把细长的雨伞,又如蝙蝠振翅一般撑开伞布,那一瞬间露出一个微笑,仿佛在说:看吧,没关系。接着,这个微笑也迅速隐藏在了斜撑着的雨伞之下。

"啊,可是……"森江又一次请她上车,可她已迈开步子匆忙而去,仿佛在表示坚决的拒绝。无奈之下,他只好启动了车子。

为了不妨碍那位女士,他靠向一旁从她的身边开过。后视镜里的身影让人产生一种非现实的错觉,然而它终究越来越小,直到不见踪影。

"这样真的好吗?"森江心里还在后悔,车子却已经开过了天眼镜或者说铜镜或者说平底锅的手柄部分,登上了小岛。

森江春策再次停车,忽而转身看向来时的路。透过后窗玻璃看到的陆地格外小，向陆地延伸的沙洲也非常细，让人不免担心起来。

刚才那位女士还在过来的路上。要是她有一丁点往自己这边走的意思，我就在这儿等她上车，森江这么想着。可那边那位却仿佛看不见森江的车似的，只管啪嗒啪嗒地走自己的路。

行吧。森江心里嘀咕了一声，再次启动了车子。

2

森江沿着沿海小路开了一会儿,便见稍稍隆起的地方长着许多树木,可以窥见树木另一侧的山形屋顶。他正思考着,蓊郁树木的另一侧已经映入眼帘,果然是洋房一样的老派外墙和跟无趣的铝合金窗迥然不同的飘窗。

那就是要去的放映会会场吗?他正这么想着,车子已经来到了石砌的门柱前。门柱上方缠着铸铁拱门,上面用新艺术派的优美曲线勾勒出确定无疑的名字:

HOTEL
月琴亭

这里的确是旅馆。

旅馆大门内此时已停了一些汽车。要到这儿来果然必须靠车。眼前有高高的意大利车,也有随处可见的轻型四轮面包车,甚至还有连四个轮子都没有的自行车。

要是这些车的主人都跟我一样收到了邀请函,森江想着，那他们跑到这儿来，就是因为对那位已被遗忘的明星及其作品有兴趣。若是这样，或许能听到各种有意思的故事呢……

怀着一丝期待，森江提着行李下了车，推开了装饰着雅致木板的大门。

门厅里充盈着略带茶褐色的光。穿过门厅来到可能是大堂的地方，森江瞬间就被几道目光死死钉住。

目光一共有六道，也就是来自三个人。两位男士和一位女士正或怀疑或好奇地看向他。

森江不禁感觉到一丝畏惧。他微微点头道了声"你们好"就往前台去了。

那些人也是来看《黄金梦幻城》的吗？可总觉得有几位看着不像啊……森江心里嘀咕着到了前台，迎接自己的是一个梳着齐颈波波头或者类似长散发的人，一张阴郁而苍白的脸转向自己。

此人一眼看过去不辨男女，但又让人觉得似乎是女人。对方的目光落在桌面的文件上，道："森江……春策先生，是吧？"

也许是为了努力表现得亲切，对方露出了僵硬的笑容。森江给了肯定的答复后，对方继续道："这是您的房间钥匙，电梯和楼梯在那个方向……过一会儿，里面的餐厅应该会供应食物。"

"应该会"，怎么听上去好像与己无关似的？森江边琢磨边接过复古风钥匙，接着拎起行李就朝自己的房间走去，却突然又停下了脚步。

喂，竟然给了房间钥匙，难不成要在这儿过夜？我可没听说有这一出啊。

森江急忙转身回到刚刚离开的前台接待处，然而充当前台的女人此时已经不见踪影，似乎回到后面的房间去了。

"可真差劲啊。"不假思索的抱怨脱口而出。

我来这儿是为了参加那个放映会，结果什么相关信息都不说，这不是让人为难吗？与其丢给我一把钥匙，不如给点交代《黄金梦幻城》放映时间、地点的材料之类的，不是更好吗？

然而对方不在，这种意见想说也没处去说了。他朝接待处里间喊了两声，无人应答。可就这么去楼上自己的房间，也不知道好不好。只能在原地转来转去，就在这时——

"喂，哥们儿。"聚集在大堂沙发上的客人里，有一位操着粗犷的嗓门冲他喊道。这位中年大叔穿着貌似鹿皮制的夹克，里面是一件格子衬衫；前额上方已秃成了半圆形，却又仿佛要补救什么似的，在面带红润的娃娃脸上蓄满了胡须。

"有什么事吗？"

森江转过身来，便见这个很难说懂多少礼貌的家伙一脸粗鲁却又带着困惑地问道："你是为啥到这儿来的？肯定也带着个什么邀请函吧？"

"啊？的确是有……"

"可大家不都是一样的吗？"森江这么反问之后，马上注意到了周围微妙的气氛。不只是这个男的，另外两张脸也带着凝视或者有话想说的表情看向森江。

"我听说这里有个电影放映会。是一个叫《黄金梦幻城》的电影,因为一直以为丢失了的电影胶片又被人找到了,所以……"

"电影?哈,这回又是电影吗?"留着胡子的中年男耸了耸肩膀,发出厌烦的声音,远远地看向另外两个客人,"各位,这家伙貌似是电影。这回可是真麻烦喽。"

说着他脸上浮现出一种说是苦笑又不是苦笑,说是困惑又不是困惑的表情,竟让人觉得有点可爱。男人径直向森江伸出手来,道:"不好意思,这会儿才介绍,我叫堂堂芝昌平,在横滨的马车道站还有别的一些地方开饭店。哎,您是律师吧?总之,保持联系吧。"

自称堂堂芝的中年男一边说着,一边和森江交换了名片。与森江那索然无趣的名片不同,他的名片上绘有漫画风插画。

堂堂芝一边催促着森江在沙发上落座,一边急忙开口说道:"其实我有个业余爱好,是收藏唱片,不过相比于做生意,我对这玩意儿更感兴趣就是了。我是听说在这个月琴亭旅馆里有个了不得的宝贝,正在征集买家,所以才飞奔过来的。"

"了不得的……是指 SP 黑胶珍品之类的吗?"

森江对音乐知之甚少,但他确曾体验过 SP 黑胶唱片在机械留声机里播放时那演奏和歌声化作清风流泻入耳的感觉,并为之意醉神迷。

"当然,这种大多也包括在内,但若只是这样,我还不至于大老远跑到这儿来。"

"难道是圆筒式的?比如瑞士女高音珍妮·林德的歌曲什么的……"

森江想起自己尊敬的一位侦探前辈以前经手过的某个案子——不如说一时之间也想不起别的来了,就说了几句,没想到这句话竟引燃了狂热爱好者的心中之火。

"你说珍妮·林德?你竟然知道这么了得的事,难不成是被哪里的什么人偷偷入手了?"

被人两眼放光地逼问实在太难受了,森江慌忙否认。

"什么嘛,吓我一跳……的确圆筒唱片也在目录上,而且也足够吸引人,但这次要卖的是更了不得的东西。你猜是什么?我听你也是大阪口音,说不定你会知道……怎么样?"

堂堂芝一副煞有介事的样子,森江却只有两眼茫然。其他客人似乎早就知道了谜底,脸上带着几分不耐烦。

"是由上方落语①初代名人桂春团治②出售的轰动一时的'食用唱片'!"

"哎?就是在煎饼还是什么上刻出唱片沟槽,把自己讲的落语录进去的那个……这个我倒是听说过,可是这个东西真的存在吗?"

森江眼睛瞪得溜圆,堂堂芝昌平则自信满满地说:"还说

---

① 上方是以京都、大阪为中心的区域,上方落语就是这个地区流行的落语(类似单口相声),起源于江户中期。——如无特别说明,本书脚注均为译者注。
② 表演上方落语的名人,这个名号自初代起世袭至今,现在已至第四代。

什么存不存在的，上方落语家有个叫桂文我的就收藏了好几个'录音煎饼'呢！除了桂春团治的落语，还有一些录的是童谣之类的。不过仙贝罐子已经完全锈蚀掉了，里面只有煎饼，内容已经风化得破烂不堪了。"

"哈哈哈。那这回是又有新发现了？"

森江的话让堂堂芝来了劲，他哗啦哗啦地翻着手上一个小册子一样的东西，说道："就是说啊！而且照这个拍卖会目录上的说法，这东西简直奇迹般保持着良好的状态。'录音煎饼'的表面似乎镀了一层焦糖，如果能尽可能地保持原状，说不定运用最新的激光技术还能读取音轨并且播放出来。这可真是历史性的大发现呀，所以我就赶紧飞奔过来了……"

说到这里，他的表情变得痛苦起来。

"剩下的，还是听他说吧。"

堂堂芝猛地伸出拇指指向一个青年。那人长着一颗拉长的鸡蛋似的脑袋，梳理整齐的头发紧紧贴在头皮上，瘦削的身体套着一身职场新人似的西装。

这位青年着实温柔敦厚，度数很高的眼镜背后，一双眼睛频繁地眨巴着，说："啊，那个，我是吧？我叫青家草太朗，在黎明大学读研究生……那个，我是听说这附近是某种快灭绝的海滨柳穿鱼的丛生地……啊，海滨柳穿鱼是一种在海岸沙地生长的玄参科多年生草本植物……"

他说的话题似乎和穿的衣服不搭调。难道他打算穿着西装采集植物？可森江刚想问出口，只听得一声："好，知道了，下一个。"

芝芝堂这家伙，明明自己絮叨了半天，轮到青冢草太朗说话倒是随随便便就打断了。

他口中的"下一个"，指的是一位在这群人中年轻得扎眼，甚至让人感到不合时宜的女士。不对，如果以她为标准的话，倒是森江等人显得不合时宜……

"好的，我叫门胁梓。看起来事情变得有点奇怪了呢，不管怎么说，请您多多关照啦!"门胁一边说着，一边嗖地举起一只手来。说到她的装扮——发亮的头发卷得层层叠叠，有种复杂怪异的"夸张感"。小巧紧致的身体上穿着闪亮而蓬松的连衣裙，纤细的双脚则踩着鞋跟极高的高跟鞋，换句话说，也很有"夸张感"。

这就是所谓"有个性的脸"，带着满不在乎的天真烂漫，让人乍一看以为是十几岁的少女。虽然森江马上就改了主意，觉得她应该二十二三岁。但再看看脸上细腻的妆容，他又开始疑心她的实际年龄大概还要更大。

门胁梓好像看穿了森江的想法似的，突然恶作剧一般瞥着他道："这位森江先生……是吧?您是不是还是单身?"

"啊啊?"猝不及防又太过直接的问题让森江一时间乱了手脚，"啊不不……那又怎么了?"

"是的吧?"阿梓说着非常唐突的话，回头看向另外两人，也就是芝芝堂和青冢，"看吧，这么一来，我说的那种可能性还是稍微大了一点吧?"

"不不，那个……我其实还没打算……"

青冢草太朗剧烈地摇着脑袋，眼镜似乎都要摇歪了。旁边的芝芝堂昌平则绷着兽面瓦一般的脸帮腔："不是，可我干吗非得找个相亲对象啊？别看我这样，我也是有老婆的人，我刚才就说过了吧？"

"哎呀，您这种还挺多的呢，比方说，明明已婚却为了找个没有后患的一夜情对象而混进来什么的。"

"总之，我说了不是就不是！"

堂堂芝大吼一声，青冢这次变成了上下点头。森江完全摸不着头脑，便问："那个，你们到底在说什么……"

"相亲派对啊！"门胁梓爽快地回答道。

森江愣了一秒，接着舌头打结地说："相……相亲?!"

芝芝堂脸上夹杂着苦笑："对，换个说法也叫'集体联谊'。照这位姑娘的说法，这个岛上要举行一个类似的活动，她好像是作为联谊专家被请到这儿来的。"

"不好意思……"青冢草太朗怯懦地举起手，"刚才我也听你们说到'联谊专家'这个词，请问这个词到底是什么意思呀……"

从他频频往阿梓那边飘的眼神可以看出，他似乎对她格外上心。他能辨别植物之间最细微的差异，却没法看破女人的心思吗？森江注视着青冢，开口道："简单来说，就是托儿吧。虽然不能一概而论，但是不在状态的男人和不在状态的女人即使会聚一堂，恐怕也很难热络起来。于是，就有了把状态很好的帅哥美女混在里面，让活动热闹起来的办法——大概就是这样。"

"啊，所以阿梓女士就是那个……"青冢看上去受了不小的刺激。

门胁梓对此轻轻一笑："别这么说嘛！虽然的确有这样的情况，可实际不只是这样哦。比方说，引导难得来参加派对却没什么像样的异性来搭讪的人啦，或者刚才说的那种搞不清状况的人，这都是我的任务哦。"

"所以今天来这里也是相同的目的?"森江问道。

"当然啦!"阿梓点了点头，"但是进这旅馆一看，里面却冷冷清清的，人也只有这两位。说起来，我刚到这儿的时候就觉得不对劲了，毕竟照理说应该有更多的车才对呀!"

"所以说，门胁女士是在我之前到这里的，那么最早到的是堂堂芝先生吗?"

"不，是我先到的。"青冢草太朗回答道。

"是这样的。我过去一看，这家伙就这副打扮，一个人待在那儿。我猜肯定是为了收购而来的同行，还摆开了架势，谁承想竟然是来采集植物的。"

"我也没办法啊，毕竟是在找工作的间隙抽空跑过来的嘛。"

原来如此，这就能理解为什么穿着西装了。

"可真是辛苦，祝你求职顺利啊。"芝芝堂昌平意外地展现出了有人情味的一面，接着说道："哎呀，对他采集植物什么的来说，没有旁人是最好的。像我的话，至少得有卖家和宝物，不然也没辙。这位女士就更不用说了，一场派对要是只有托儿兼引导员，这可像什么话?"

"要说奇怪的地方,还有这个,"门胁梓忽然换上一副认真的表情,插话道,"这是寄到我那里的工作委托书。喂,你们也把自己的拿出来呀,包括森江先生。"

被点名后,森江也向自己的口袋探去。他刚才从仪表盘上拿下来后就把它塞到口袋里了。

过了一会儿,从四个方向伸过来四张信纸,就像什么游戏里交换卡片信息的场景。上面的文字当然是不同的,但无论是信纸的材质,还是使用的字体、字号,都惊人地一致。连书信内容的不同之处,都仿佛有人绞尽脑汁以使其保持一种统一感。

至于信封的尺寸,以及拿外国邮票当封口纸的做法,各人也都是一样的。收件人姓名的笔迹也很相似,明显是为了遮掩本来的字体,同时也让人能注意到。是不是为了暗示是同一个寄信人,所以故意没有使用打印的寄信贴纸?

"总之……"堂堂芝昌平表情阴沉地低声说道,"有一点是清楚的,就是'录音煎饼'也好,绝版电影也好,濒临灭绝的濑户海滨柳穿鱼也好,想找恋人的男女也好,一切都不存在。有劳什么人费心准备了四封假信……"

"不,是五封。"

头上忽然传来声音,与此同时,一张和森江等人一模一样的信纸像匕首一样插了进来。

"还是说,真的会像邀请函上写的一样召开古董家具拍卖会呢?依我所见,这儿倒是不缺这类东西。"

"你是刚才的……"趁其他三人还在惊愕之际,森江朝发声的人说道。

眼前是位头戴帽子、身穿垂着长下摆的夹克和同样款式的长裙的高个女士。刚刚在沙洲上超车而过的人，此时宛若非人一般，面无表情地盯着森江。也许是因为五官端正，她看上去就像一张面具。

"就是说，你也跟我们一样……"堂堂芝昌平全不似刚刚那样强势，怯怯地开了口。

好似要证明不是面具一般，这张脸上蓦地浮现出朴拙的微笑，同时发声："抱歉来晚了。我是宇津木香也子，在东京吉祥寺地区经营杂货业。很荣幸认识各位。"

声音虽然尖细，但显然比刚才听到时有力得多。随着话语递出的名片，大概是出于生意需要，带着点漂亮的装饰，然而一沾她的手，就让人觉得更像是塔罗牌。仿佛在宣告无法逃离的命运一般，带着压迫感的卡片被交到众人手上。

"啊，嗯……谢谢。"

森江等男士被震慑住了一般答着话，唯独门胁梓正兴味盎然地盯着香也子看。这大概是女性同胞之间的品评游戏吧。正在这时——

"那个，既然宇津木女士也到了……也就是说，这下全员都到齐了。"方才那位前台晃动着垂在两侧的短发翩然现身。

"时间还有点早，不过好像饭食已经准备好了，所以请各位到餐厅来吧。"

前台那位姑娘或小伙子过于匆忙地离开后，只剩森江等人面面相觑。

"这就是全员……"

"也就是说……"

"月琴亭邀请的客人,就是这里的五位?"

"正好是阿加莎《无人生还》主角人数的一半啊。"门胁梓泰然自若地说了句不吉利的话。

"哎呀呀,那是不相干的,咳咳咳……"青冢草太朗似乎要岔开话题,故意清了清嗓子。

"接下来怎么办?"

"要说怎么办……既然肚子也饿了,不如先去吃点东西,边吃边聊吧,大家都开诚布公。"堂堂芝昌平说道。然而那句多嘴开的无聊玩笑,对当时的森江等人来说,其实是最关键的。

3

而后，森江春策上了楼梯，走向分配给自己的房间。

这幢建筑说到底只是徒有西式外表，其形似过去小学校舍的构造，可以说并不牢靠。唯有楼梯扶手格外坚固，不知该说是粗俗，还是土气。

这是后来加上去的东西吧，算了，这种事没什么要紧。

在楼梯的左侧，可以看到一间古旧的西式房间。这幢房子有一部分做了挑高处理，所以楼梯中段可以直接贯穿到房间的上层。

虽然森江压根没有在这旅馆过夜的打算，但他觉得暂且放下行李也好。毕竟，不管他多么想立马打道回府，总不能把这个包拎到餐厅去吧。

森江一边费力地踩着楼梯上褪色的红地毯，一边思忖着：不过，把我们这群人叫到这个地方来，到底是为了什么？

他是为了绝版电影《黄金梦幻城》而来。这不仅跟他过去处理过的事情有些因缘，而且他本来对这类老电影也挺感兴趣的。

至于讽刺家似的饭店老板堂堂芝昌平，被针对的则是他收集唱片的爱好，拿珍品中的珍品"录音煎饼"当作诱饵。

而貌似植物学专业研究生的青冢草太朗，他是被这个岛上生长着理应灭绝很久的植物的消息所引诱，趁着找工作的间隙跑到这儿来的。

而门胁梓作为相亲派对不可或缺的气氛担当，是以"联谊专家"的名义接受邀请而来的。

最后，宇津木香也子是为了给自己店里找可以摆放的古董家具……也就是说，四个人都是出于个人的兴趣爱好或研究，抑或是受和自己的生意有关的东西的引诱，才远道跑到这个跟陆地毗连的小岛上来的。

然而，等到了月琴亭旅馆一瞧，尽管聚集的是一群看起来和自己一样的家伙，实际上并没有任何两个人的目的是一样的。而且给他们的信出自同一个寄信人，对方对这一点不仅毫不掩饰，反而有强调的意思，这种安排是……

可以确定的是，有什么人，出于某种打算和目的，把一群互不相识的人巧妙地召唤到了一栋独门独院的房子里。

对于在这种情况下会发生什么事，森江既有专业知识，也有经验。该怎样才能避免接下来可能会发生的麻烦事呢？答案其实不言自明。

刚才就应该说的。最明智的办法，就是马上离开这里。

可是现在说什么都晚了——好在还不算太晚。等会儿在餐厅碰面的时候再说也完全来得及……

森江正这么想着，楼梯前已经能看到二楼的走廊和若干面向走廊的并列屋门。安排给森江等人的房间就在这一片。

上楼梯后正对的墙面前方，摆着一扇漆质的黑色屏风，屏风上是一幅镶嵌画，画中是一位中国女子。那女子手中持着某种琴体浑圆的弦乐器。森江被这乐器一惊，同时也看到了楼梯前方什么人的背影。

那是宇津木香也子。除了她和森江，其他三位都已经进房间安顿好了，所以要是没什么特别的事，他们就没有必要再到这边来了。

森江本想看在同住一个旅馆的分上打个招呼，可被对方背后的凛然之气一压，正踌躇的空当，她已经打开跟前的那扇门，走了进去。

刚才那个瞬间，森江看到了一张非常普通的女人侧脸。不知为何，这让他心里松了口气，觉得还是要好好打个招呼。就在这时，宇津木香也子的身影被吸入了大门深处。

听到大门关上的声音，森江只好无奈放弃，从她刚刚关上的门前经过，进了位于更里面的自己的房间。这房间非常朴素，只有一张床、一张桌子，再就是衣柜和小茶几，仅此而已。好歹带个洗手间，不过看起来也是近几年才加建的。

好在服务业毕竟是服务业，壁纸之类的装潢和家具都特别新，这让人心里稍安。虽说本来也没有在这儿过夜的打算，不过要是家具太过老朽，或者要像对待古董似的小心翼翼，连在椅子上随便坐一下都不行，那不管你怎么爱好古董，仍然会觉得太麻烦吧。

至少在客房这边，应该没有那位宇津木香也子会感兴趣的古董。这里最多挂着一些点缀着中国古典乐器的画。而且同样主题的装饰，在旅馆的各处都可以见到。

这时，森江突然想了起来：对了……跟方才看到的那个中国屏风上女子手里拿着的乐器一样，就是月琴啊。

看起来，当初是因为有人把这个岛的形状比作浑圆琴体上带短琴脖的月琴，才给这个旅馆起了这个名字。原来如此，比起天眼镜亭或是平底锅旅馆，现在这个名字的确好太多了。

此外，还保留着建筑之初风貌的凸窗也颇有气氛。现在已经看不到窗框或窗格了。不过，外面庭院里的树木枝繁叶茂，遮住了远望的视线。不然照理说从这个地方，应该能看到相当于月琴琴脖的沙洲……

考虑到不能让堂堂芝等人等太久，森江把行李放下，稍微休息了一会儿，就从房间走了出去。这时，忽然有个念头掠过他的脑海：那四个人里，总觉得有些名字不是第一次听到，而且还不止一个。直接见面是肯定不曾有过的，那么又是在哪里接触到这些名字的呢？还有，是谁和谁呢？

森江一边思考着这件事，一边走下楼梯。正在这时——

"哇呜！什么啊这是？！"一个粗鲁的男声从楼梯下方传了过来，喊到一半就破了音。听上去应该是堂堂芝昌平。

怎、怎么了？到底发生了什么？大事不妙的感觉涌上心头，森江急忙朝餐厅跑去。

那个堂堂芝昌平不像是会因为一件普通之事大惊小怪的

人。到底发生了什么,竟然能让他发出那种声音?是剩下的三个人——青冢草太朗、门胁梓及宇津木香也子身上发生了什么事吗?森江边跑边琢磨着。

第二章

与"悬梁法官"共进晚餐

1

月琴亭旅馆的餐厅，位于一幢朝一楼的庭院突出的建筑中，那带着淡淡怀旧气息的建筑风格不禁让人想到街角的老餐馆。

餐厅入口是两扇对开的大门，如今正完全敞开着。

餐厅内的地板是用木板拼花工艺拼成的，墙上是貌似西洋名画复制品的油彩挂画。窗户和客房都是传统的样式，然而，外面种的藤本月季树篱蔓延疯长，导致视野也同样被塞得满满的，这就让人头疼了。

定睛一看，森江以外的四人都已经下来了，可不知为何却并不就座，只是一动不动地呆立在原地。如果用老话来形容，就是"呆若木鸡"。

联想到刚才的叫声，森江一边疑惑地看着他们，一边一脚跨进了餐厅。突然——

"什、什、什么啊这是？"森江喃喃说着，同样呆立当场，变成了第五只"木鸡"。因为展现在众人眼前的，实在是一幕太令人难以置信的场景。

餐厅的正中央摆着一张长方形的桌子,雪白的桌布上并排摆放着空盘子及刀叉等餐具,一共是五套。

根据餐具旁的名牌,座位大抵是按照男女性别分配的,也就是堂堂芝、青冢、森江的对面,坐着门胁梓和宇津木香也子。

如果只是这样,倒也没什么奇怪的。然而,桌边不知为何却放着第六张椅子。

屋子里面壁炉的正前方,也就是所谓的女主人位上,已经有一个人坐在那里了。不,准确的说法是,"被坐"在那里了。

只有这张椅子前面,不知为何没有摆放任何刀叉。当然,即使摆放了也没有什么用途。

这是因为,坐在女主人位上的那位客人,整个身体都被绳子一圈圈地绑在了椅背上,两手被固定在了扶手上,脚则固定在了椅子腿上。而且,他还被人用看起来很重的铁链锁了起来,嘴巴里甚至还咬着堵嘴的口衔!

该不会死了……不对,还活着的!他正活生生地瞪着我们!

证据就是,那两颗瞪得眦眦尽裂、充血得刺目的眼珠和一张因为愤怒或痛苦而整个通红的脸。

从几乎全白的头发和已经攀高的发际线来看,这人应该年事已经很高了。然而因为下半张脸几乎全被遮了起来,所以很难再看到更多特征,只感觉是张很长的脸。

刚才芝芝堂昌平的那声喊叫,大概就是看到这个被捆绑的老人后的反应。要是这样，也就没什么好奇怪的了。

这位老兄此刻正耸着肩膀站在桌子旁边，青冢草太朗则像个女孩子似的奇怪地用手捂住嘴，微微地打着战。在他身后，一声尖细的声音被挤压出来："什、什么……啊这……这是开什么玩笑？"

是门胁梓。青冢仿佛被她的怪声唤回了理智："对、对、对，到、到、到底是……"

他钝钝地扭动着纤细的脖子，回头看向芝芝堂昌平。只见芝芝堂那平时都泛着油光的脸上滴下豆大的汗珠。"我怎么知道？别，等会儿。"

突然，他好像意识到了什么似的，冒冒失失地跑到女主人位前，将放在那人面前的名牌拿了起来。

芝芝堂只盯着那名牌上的文字看了片刻，不知为何，脸色却眼见着变成了紫黑色，而且动都不动一下。

"嗯？你在干吗呀？总之得赶紧把他解开才行！"

森江看不过去，往前迈了一步，只觉肩膀上被人一拍："慢着。"

伴着低沉沙哑的声音，芝芝堂的手按住了森江。不，正确的说法是，他打算按住森江，只不过不知道他为什么非要出手制止。

这时候，名牌从粗壮的手指间翩然飘落。宇津木香也子伸出细长的胳膊一把抓住，森江则开始了救人的动作。

然而，口衔打的结实在太紧了，怎么都解不开。森江眼睛忽而一掠，只见老人正前方的桌子上，孤零零地摆着一把小钥匙。

这把钥匙和森江从前台拿到的钥匙是同样型号的。

这该不会是……

森江伸手拿钥匙的同时回头一望,只见香也子瞥了一眼名牌后正用魔术师玩弄卡片一般的手势,将名牌展示给另外两人看。她的脸上看似挂着若有若无的微笑,实际上却正因为在强抑内心的激烈情绪而抽搐着。

"哎,这是……"

不知道是不是因为不明白香也子的意思,青冢草太朗猛烈地摇起了头。另一边,门胁梓的反应则更为直截了当,简直可以说是歇斯底里。

"哎,那,这家伙就是——等等,你在干吗?你竟然想放了这浑蛋?"门胁梓边嚷着边粗鲁地冲向森江,伸手去夺他手里的钥匙。

"啊,可是,再怎么说也不能就这么……"

森江刚开口解释,一个耳光就猛地飞了过来。"闭嘴!"好在他急中生智躲得快,只是侧颈部挨了一下,不过还是很痛。

"呀,门胁女士!"

青冢草太朗第一次显示出了他的行动力,制住了门胁梓。但门胁梓仍然剧烈地扭动着身体,叫着:"放开我呀!为什么这种恶棍会在这个地方啊!"

"……停手吧,大女士。"芝芝堂昌平宛如从胸腔里挤出声音,之后便一言不发地帮森江救起了人。

"喂，怎么连你也……要救那种畜生？"门胁梓嚷嚷着。看她这副模样，之前仔细经营的女孩子形象已经消失得无影无踪了。

"好啦，这样也挺好的吧。"宇津木香也子把手放在她的肩上。

"要是一直那副模样坐在这儿，难得的晚餐也会变得不好吃了，对吧？"

"也是。"过了一会儿，门胁梓恢复了平静，如此说道。在相亲派对上当托儿时的可爱笑容浮现在脸上，她说："身体想动却不能动，只有眼珠子转来转去，发出呜呜的声音，的确挺让人讨厌的。而且又不能上厕所，要是流出脏东西来可就麻烦了。"

"等……等一下。"青冢草太朗推着眼镜说道。他一次次盯着从香也子手上接过来的名牌，一开始像蚊子一样低的声音："这个人……啊，不，这个男的，就是那个不是人的冷血混账？这个长了张驴脸的老头儿，就是那个'悬梁法官'？！"最后变成了扯着嗓子大吼，同时换上了一张宛若戴着眼镜的木芥子人偶般土气的脸。

"可恶！这种玩意儿！"

全力丢出去的名牌落在了森江脚边。他这时候才第一次看清了上面写的一行字，接着比照了一下终于摘下口衔的老人的脸。

千千岩征威先生。

恰在这时，锁链哐啷哐啷地响着，打着旋落在地上，老人摇摇晃晃地站起了身。大概是为了摆脱束缚而挣扎的时候掉落的吧，老人从地板上捡起粗框玳瑁眼镜。

"你们这群人……究竟想对我做什么？突然从背后袭击我，等我醒来的时候，就已经被带到这种地方来了……你们到底想干吗？干了这种事，我可不会随随便便就算了！"老人甩着草鞋底子一样的脸，傲慢地怒声呵斥着。然而他那粗重的声音里却有一丝颤抖，厚厚的眼镜片下，瞪起的两只眼睛也在不停地眨动着。

"的确，不可能随随便便就算了。不过，这说的可不只是我们，你也得算在里面。"

"你说什么？"老人皱起眉头道。

"看起来，在这儿的诸位都是和你有些瓜葛的。这么说来，我也是一样。好久不见了，七濑案的时候多得您照顾了啊，千千岩审判长阁下！"

听了森江的话，老人表现出大吃一惊的样子，然后马上就恢复了傲慢的表情。"哦，你说七濑案，那么你就是……"

"我是当时的辩护人。想要保护委托人却败得一塌糊涂，可真是窝囊啊！"森江春策强抑着从胸腔深处涌起的情绪，如此答道。

老人——千千岩征威——盘腿坐着，从鼻子里喷出一股气息。"哼，那又怎么样？事到如今，你还想发什么怒……"

他刚说了半句，却忽又噤了声，怯怯地向四周悄悄看去。无疑，他注意到了什么，那是森江之外的四人凝视自己的目光，其中燃烧着的是满满的敌意和憎恶。

2

七濑案。

对森江春策来说,那是他负责的案子中最讨厌的一个。那是审判员制度施行前的事,当时他直面居高临下、俯视众生的各位审判人员,竭尽一切力量,只为澄清委托人身上的多重杀人嫌疑,证明他无罪。

当时,审判席正中坐着的,就是这位千千岩征威审判长。

因为脑门上后退的发际线,他的脸看上去格外细长,再加上一副玳瑁框眼镜,看起来颇有种某中学教导主任的滑稽味道。一时间,森江感觉到了一种没来由的安心。

在千千岩征威的右侧,也就是从森江等人看过去的左侧,坐着一位不知在想什么的审判员,他总是心不在焉,昏昏欲睡,似乎正抬头看天,大概是在思考他要独立审理的案子吧。

但此时此刻作为被审方,森江对此实在是忍无可忍。他真的很想吼一句:不是因为是重大案件,所以才召集了三人合议庭吗？可是右侧陪审员毕竟连诉讼指挥都不管，大概也就是这副德行吧。抬头望天的已经算不错了，不倒翁一般困得直"点头"的情况也不少见。

左侧陪审席这边也依照惯例坐着一位年轻的助理法官。这是位大好青年，让人不禁怀疑他还是个学生。只看那眼眸中熠熠闪动的光，便让人难以相信他和那两位前辈竟能是同类。

青年此刻非常紧张，但他又仿佛不想遗漏法庭问答中的一字一句，正向前探着身子。偶尔探得过了头，审判长便会把他按回座位上。

虽说资历最浅，"法官"的名头前还挂着"助理"二字，但左侧陪审员担当的责任却是非常重大的。因为他要根据三位审判员的合议，起草判决书。

想必他原本就是个热心又诚实的人吧。而且，尚未被审判员这个异常封闭的环境所扭曲，也未被这个即使公正地做出审判也未必能获得赞美的世界所污染。加之他还没有独立审理过案子，所以也还没享受到其他两人的奉承讨好。

森江春策在这位助理法官身上看到了希望之光。不过说是这么说，左右审理方向、手握被告生命的生杀予夺大权的，终究是审判长。

为了证明委托人的清白，森江拼命调查，挥汗如雨，四处奔走寻找证人。最后，他终于从警察和检察机关罗织构陷、一路"护送"被告从抓捕到送审的"罪证"中发现了若干疑点。与此同时，他也为被告找到了确凿的不在场证明。

最重要的是，被指认为被告所使用的凶器，很难在被害人身上留下如今所见的伤痕。而且从控制被害人到行凶、善后、逃跑，必须像缩时摄影一样以超高速才能完成。

另外，关于在被告家中发现的某件物品，森江也挖出了惊人的真相。因为这件物品是被害人所有，所以它的存在暗示了被害人和被告之间颇有关联，并进而成为被告将被害人拉至家中的证据。可让人惊异的是，关于它是否属于被害人这事竟从未被论证过。

这一指控揭露了搜查过程的粗糙和预设有罪的问题，对此检方显然也感觉极其狼狈。因为有罪的概率达到百分之九十九，以往都是在专设的旁听席上打盹儿的记者们，这次也激动不已。

针对这一情况，检方为了反击，提交了多达十几封审讯自白书。

的确，自白书上记录了被告承认罪行、逐一认可审讯人员准备好的故事的陈述。但是这些自白或者说忏悔实在是徒有其表，而且审讯自白书的数量是如此之多，只能表明审讯人员曾强制对被告进行过长时间的不当审讯。

审理显然是在拖延时间，森江迫不得已，只好应对数量庞大却毫无意义的文字堆砌。

尽管如此，等到终于迎来审理结束的时候，森江还是隐隐有种预感：说不定能遇到骆驼穿过针孔一般的奇迹——宣判无罪。退一万步说，他已经打下了这么多质疑的楔子，至少能避免最坏的结果……

"判决如下：判处被告人无期徒刑。执行前先行羁押四百四十日折抵刑期……"千千岩审判长用混着杂音的响亮声音，庄重地宣读着判决书。

是最坏的结果。一瞬间，森江感觉自己天真的期待碎裂成一地齑粉。并且随着判决书后文细则的宣读，被毫不留情地蹂躏践踏。

首先，对于构成被告的不在场证明，并且面对检方的反对质询仍未被击溃的证词："本院认为属于单纯的记忆错误，作为证据证明被告不可能出现在犯罪现场一事，不足以取信。"

其次，关于被害人伤痕的不自然以及所需时间上的不可能性："关于凶器在怎样的情况下使用，以怎样的力道、角度、速度，会在人体留下怎样的伤口，可以说千差万别。辩护方的主张对于这种可能性进行了随意限定，本院认为缺乏科学依据。对于犯罪所需的时间，辩护方的主张也同样排除了所谓'情急之下潜能爆发'的可能性，因此这一点本院判定为缺乏科学依据。"

此外，对于被认定为属于被害人所有的某件物品，法院的判断简直让人目瞪口呆："该物品是在本案首要嫌疑人，即被告家中发现的，当然应视为本案的重要物证，而且既然无法证明这件物品属于被告本人，那么本院认为将该物品视作被害人所有的判断应该是合理的。"

淡淡地，仿佛因循敷衍的冬烘先生在进行伪善的说教一般，判决书读完了。这些内容将森江一切努力的结果尽数否定，每一行文字都让他愤怒不已。

总之，不管真相如何，他们都不打算给出无罪判决。相比于让无辜的人深陷牢狱之灾，坏了检方"小伙伴"的面子、让掌管自己这边一切人事权力的最高裁判事务总局不高兴才是更可怕的。

和这个极不诚实的审判长组成合议庭的另外两位审判员，情况又如何呢？只见右侧陪审员虽然念在这是备受瞩目的宣判日，没有打瞌睡，但还是一如既往地盯着头顶。而和他相对的左侧陪审法官，则显得非常不同寻常。

那张年轻的脸庞看起来十分苍白。他视线低垂，绝不直视前方。发丝凌乱，肩膀看起来在微微地颤抖。

难道是哭了？念头刚冒出来，下一瞬间就被一句"怎么可能"打消了。

森江毕竟是森江，他迅速被安抚被告、通过媒体和网络向普通大众呼吁，最重要的是提起上诉等事情分走了心神，不可能有余力一直关注年轻的助理法官那不同寻常的举动。

当他离开比以往任何时候看起来都更让人抑郁的法院大楼时，助理法官的事已经被他忘得一干二净了。

从那天以后，他就开始摩拳擦掌地等着为救委托人而进行新的战斗，并处理塞得满满当当的日程上的诉讼案件。

就是这样一个早晨。

当时他正把烤焦的叶司面包塞到嘴甲，一边就着咖啡往下咽，一边随意扫视着晨报，视线却突然停在报纸一角的标题上，接着猛地被呛了一口。

>地方助理法官自杀？在家悬梁被人发现

很快森江就想了起来：这段报道中出现的名字，就是在那场耻辱的公审中担任左侧陪审员的青年的名字。

3

"千千岩先生，咱们可真是好久不见了。我叫芝芝堂昌平，不过就算说了名字，想必您还是想不起来是谁吧？总之，请您先在那儿坐会儿。"

饭店老板兼珍稀唱片收藏者的声音将森江拉回到现实。

"不好意思了，大律师。"堂堂芝说着，径直朝老人冲了过去。对方似乎被他这气势吓住了，啪唧一声屁股跌坐回刚才的椅子上。

"以前我弟弟可得了您不少关照哪。我想您应该不可能忘了堂堂芝良介这个名字吧？"一张仿佛贴上去的假笑脸下，传出低沉威吓的声音。

"当然没忘。"

千千岩征威的脸冷若冰霜，只从眼镜背后射出某种警戒的目光。堂堂芝昌平仍戴着那张古怪面具一样的笑脸，道："哦，这样吗？那就请您看看这个东西……"

言罢他掏出一本用了有些年头的万用手册，用微微颤抖的手拿出夹在里面的几张照片。

来玩个扑克牌游戏吧。在老人面前的桌上依次排开的，是和堂堂芝昌平面相有几分相似，但比他帅气三倍，压迫感却不及他十分之一的某位男士的肖像。

因为其中也有这位男士和堂堂芝昌平一起拍的照片，所以马上就能猜出他们大概是年岁相差很大的兄弟。想必这一位就是堂堂芝良介吧。然而，接下来放的却是一张很煞风景的照片，看起来像是哪里的仓库或停车场。

不只是千千岩征威，其他客人也一脸茫然。这时，堂堂芝放出了下一张照片。

"呀！"门胁梓立时发出惊叫。也不怪她。这张照片里拍到的，是和刚才堂堂芝良介的脸一样的大头照。只是背景是白布，其中的人两眼紧闭，嘴巴大张，显然已不可能是活物。

"这是在我弟弟的葬礼上拍的。他搞出了一个可能改变世界的发明，却被公司抢走了；而他本以为能在最后时刻帮上忙的法律，竟也背叛了他。到头来，他只好跑到这么个凄凉的地方把自己吊起来，呵。"

"我不知道你在说什么。"千千岩征威装傻地说道，把脸转向一边。

"你说啥？！"下一个瞬间，堂堂芝昌平的脸腾地涨红，笑脸转眼间变成了愤怒。要不是森江赶忙跑到两人中间，老人的衣领怕是已经被揪住了。

"等等，也让我说两句。"说话间门胁梓已走上前来。或许是为了强抑住方才的激动，她一边用手按住喉咙部位，一边用稍显尖细的声音说道:"其实我的老家在北都市哦。"

面对回头一脸讶异地看向她的千千岩,她的脸上宛若花儿盛开一般啪地绽满了职业性的微笑:"哎呀,怎么啦?为什么一脸茫然呢?那可是和千千岩老爷爷结下了深深缘分的土地呢……你该不会已经忘了那个民众阻止第一动力燃料机构建设的诉讼吧?"

"啊!"千千岩的脸上第一次出现了动摇的神情,可是很快就被他隐藏在皱巴巴的脸皮之下,"这……当然记得。"

他的回答小心谨慎,但仍带着威严的压迫感。门胁梓的眸子里亮晶晶地闪着光,脸上的笑意越来越浓。

"这是当然啦。那可是让千千岩法官一举成名的判决呢!'致使该中枢设备产生危险的自然灾害规模超过了可以推测的最大限度,因而对此不予推测并认为其中不存在任何问题,本院以为非常恰当。'这可真是天下知名的豪言呢!不过就是多亏发生了老爷爷认为'反正不可能发生的'事故,我们失去了故乡而已!不过就是有很多人好不容易捡了条命回来,却又挂上房梁离开了这个世界而已!"

"啊,原来是那件事。"不一会儿,千千岩征威开了口。他露出一排带着茶垢的牙齿,说道:"那时还无法预测会发生那样的灾害,至少从法庭上提出的证据和证词中看不出来。而且小姑娘,不管审判的结果如何,从来都没有向法官问责的道理。而且,像这种超越人类认知能力的灾难……"

带着淡淡嘲讽的话语,随着啪的一记响亮声响,戛然而止。

下一刻，只见整个呆住的老人捂着自己一侧的脸颊，小梓则紧紧咬住嘴唇，一边摸着自己的手。"你、你这家伙！"

千千岩面色大变，猛地就要站起，却有人将双手压在他的肩上。

"哎呀，别表现得这么不成熟嘛！"堂堂芝一边说一边抓住他，硬生生把他按回到了座位上。这时——

"那个！"冒冒失失的声音来自青冢草太朗。他用非常尖锐的声音说道："请大家稍微听我说两句。如果一个非常普通的老奶奶或老爷爷，某一天突然被警察拽走，被强行安上自己根本不知道的罪名，过了一百天、两百天都还回不了家，导致脑子出了问题，这也没什么奇怪的吧，大家有何看法？如果家人之间因此互相猜忌，甚至给别人安上新的罪名，即使随后有证据表明是一场冤案，生活却再也无法回到原来的样子了……大家有何看法？"

他的语速变得非常之快，到最后几乎只剩哭声。

"不光再也无法回到原来的生活，我妈……我妈妈实在是忍受不了周围的人怀疑她出卖了别人的白眼，在痛苦中挣扎了很久，最后终于走上了自杀的道……"

"哼，听不懂你在说什么！"千千岩征威不安地眨着眼睛，即便如此，仍没放下狂妄的口气，"年轻人，虽然我不知道你想说的是什么事，但所谓冤案，指的是明明不是凶手却被宣判有罪。既然判决是无罪，那就不能这么说了吧？"

"抱歉，我想说两句，千千岩先生。"森江春策从一旁插话道，"虽然他说'有证据表明是一场冤案'，可并没有说

'判决无罪'……还是说,对于刚才他说的这件事,其实您还是清楚的?"

"我才不清楚!"千千岩征威大吼一声,用力甩开堂堂芝昌平的手,站了起来,"你们这帮人,到底想干什么?!把我拖到这种鬼地方来还不算,又一个个狂妄无礼地碴儿。那些事全都了了,一切都是按照法律程序走的,我没有任何责任。竟然让我听了这么长时间外行的抱怨,真受不了!"

说罢他不顾环绕周身的嫌恶、轻蔑的眼神,起身就要离开。然而还没走出几步,一个人影便唰地横在了老人眼前。

是宇津木香也子。

"真是没错呢,审判长阁下!虽说您平时高坐台上长篇大论地念判决书,做听众却不一定擅长呢!"端庄的脸庞凑近老人说道。轻轻飘动的黑色发丝之下,光滑的颈项带着些微的色气。

"啊,嗯。"千千岩征威一边感受着女人近在咫尺的呼吸和香气,一边勉强地答应着。

"所以,就让我长话短说,用这个代替要说的话吧!"

话音刚落,她便敞开了夹克的前襟。从开口处可以窥见,自胸部到衣服之下,刻着一道即使精心用化妆品遮盖也无法隐藏的疤痕。

千千岩吓了一跳,后退了一步。香也子把衣服的前襟重新拉好后,突然抬起了右手腕。该不是要冲着他的脸来上一拳吧?然而,下一个瞬间,她却忽而莞尔,脸上浮现出灿烂的笑容。

"你看,完全使不上力气,对吧?这也和刚才那个伤疤一样,都是拜同一个男人所赐。都是因为你没有对那家伙做出正确的判决呢!不过,即使是那种姑息的判决,那个男的也没收到。因为他直接选择了上吊,逃脱了惩罚!"

"……"

裁判长千千岩征威已经没有丝毫应答的力气了,径直瘫坐在了椅子上。

于是,现场又构成了一幅新的"呆若木鸡图":空荡荡的餐桌边,坐在女主人位的一位老人和包括森江在内围绕着他的五位男女。

这时,森江春策忽然注意到了一件奇妙的事。

也就是,给他们几人准备的座位前,没有食物,只有盘子和刀叉,而千千岩征威的座位前却什么都没有。

这该不会是……某种暗示吧。也许是暗示被邀请到月琴亭的我们,可以随意"享用"千千岩征威。虽然这从表面看来是正确的,也正合上位者的心意,却必定会给相关人员带来不幸。这个人称"悬梁法官"的家伙,要杀要剐随你们处置……没错,简直就像祭祀仪式上供奉的烤全猪一般!

虽然这话没法和其他人说,但恐怕不会有错。如果真是这样,那么接下来要做的事只有一件。

第三章

连岛沙洲现象——
失去琴脖的月琴

1

之后不知过了多久，等森江等人意识到的时候，窗外的天色已经暗了下来。

人心中不快的时候，就会感觉时间过得特别慢。何况是这种让人无法忍耐的不快。

尽管实际上似乎十几分钟都不到，却感觉已经彼此詈骂、互相仇视了整整半天。每个人都筋疲力尽，然而，对千千岩征威来说，大家却似乎还有没说够的话。正在这时——

"好了。"堂堂芝昌平轻轻地拍着裤子说道。仿佛方才附身的妖怪走了似的，他此刻一脸干脆："我先走了。不管说什么，这家伙都不会明白的。给弟弟报仇雪恨也于事无补。而且……"

他向千千岩投去轻蔑且怜悯的眼神。

"跟这人待在同一个地方，呼吸同样的空气，我已经多一秒都受不了了。我可以去拿个行李吗？"

他这副态度让森江春策暗暗松了口气。

如果什么人把千千岩征威和这几个人凑到这里，还摆上了空盘子和刀叉，以期望能掀起什么波澜，那么他这期望看起来是要落空了。

证据就是，门胁梓抱着胳膊轻轻地说了句："说得也是。"接着半带苦笑地说道："空气的确很糟糕，而且总觉得有种腐烂的臭气……真是有点受不了了。说到底，既然我要来参加的相亲派对没有了，那在这种放着这么个恶心之人的地方待下去也没什么用。这儿可以叫到出租车吗？我来的时候就是这么过来的。"

"应该没问题吧？可以问问刚才前台的那个人……我也这么走吧。"宇津木香也子说道。方才那半疯的卟人模样已经消失，眼前不过是一个极其普通的女人。

"哎？你也是吗？那要不要坐一辆车？"门胁梓问道。

"嗯，我来的时候是走着过来的，还挺累的……"

既然那样，当时上我的车不就好了吗？森江春策想道。正在这时——

"啊！完蛋了！"青冢草太朗突然发出比刚才更似发疯的喊叫。在众人惊呆的目光中，他怯生生地继续说道："这……这座岛上到底有没有海滨柳穿鱼，我忘了去看了。这下可完蛋了……"

堂堂芝昌平苦笑着对一脸颓丧的研究生说："喂喂，那玩意儿八成就是某人为了把我们骗过来搞的恶作剧。就像我的'录音煎饼'，这姑娘的相亲派对，那边两位的电影放映会和家具拍卖会一样，百分百假的。再说，现在天也黑了，放弃吧。"

"不，天黑完全不是问题。为了应对这种情况，我都是随身带着手电筒的。只是，这个时候怕是涨潮了，不好观察了……难办了啊，本来我想，就算找不到目标植物，在这种地形中也可能遇到其他珍稀的物种啊。"青冢非常焦虑地说。

堂堂芝只好半带苦笑地说："涨潮就更没办法啦。原来如此，这种事也得考虑在内，可真辛苦啊。"

话音未落，他却突然大惊失色。

"潮……"

"涨潮……"

"涨潮？！"

门胁梓和宇津木香也子出了声，森江也下意识地重复了这个词。只有青冢草太朗还呆呆地说："对呀。今天的确是大潮的日子，大概这时候已经……呃，也就是说……啊啊啊啊！"

他突然一阵疯叫，笨拙地驱动着细长的手脚往外跑。

但此时，森江一行被邀请的客人，已经悉数冲出餐厅，从大堂拥向了门厅。从他们身后，"悬梁法官"阁下扯着干燥的嗓子冲他们大喊："喂，你们这帮人！把我丢在这儿又想去哪儿？等等，给我等一下！"但他已经被他们完全无视了。

2

几分钟后,他们已经一脸茫然,久久地站在月琴亭旅馆门外的沿海小路上了。

黑色的天幕下,漆黑的海上波涛拍击。满月仍未高升,在陆上灯光的照射下,海面闪烁着亮亮的波光。

"这……这是……就是那个……"堂堂芝昌平目瞪口呆地张着嘴,断断续续地说道。

"不知何时,潮已经涨起来了。就是这样。"宇津木香也子用低沉平静的声音说道。

门胁梓颤抖着声音道:"可是,怎么可能有这种事……明明刚才还有的东西,突然之间怎么就没了……"

"不,不是的,这种事非常有可能。"青冢草太朗用手推了推眼镜说道,"我刚才也说了,今天是大潮——因为太阳、月亮和地球排列成一条直线,所以海面潮差最大。发生这种事,也是理所当然的。"

海边的风景没有任何奇特之处。只是本该在那里的东西,如果不在就糟了的东西,消失了。

将他们所在的小岛和陆地连接在一起的沙洲，已经被大海吞没得干干净净。如果是平底锅，那就只剩下锅；如果是天眼镜，那就只剩下镜片和镜框。

"连岛沙洲现象——平时被海水隔绝的小岛，干潮时却会与陆地相连。连岛沙洲就是指和陆地相连的沙洲。由于海流作用，沙洲不断地堆积，最终，小岛会变成可供人们日常来往的半岛。不过，在这个过程中，可能会遇到这种大自然的恶作剧。"青冢草太朗说道，如鱼得水般流畅，但仍带着些拘谨。

"也就是这么回事吧，"森江开口道，"这座岛本来就是和陆地分离的，只有在退潮厉害的时候，才会有沙洲连接。换言之，这种连接状态才是偶然现象？"

"就是这样，是的。"青冢频频点头。

不管怎样，可以确定的是，从这座岛上逃走的唯一路线已经被切断了。

既然这样，人群躁动不安也就毫不奇怪了。毕竟大家原本都以为是单日往返，所以明天肯定都有各自的安排。

可问题是，为什么到此刻之前大家竟丝毫没有察觉呢？不过，客房和餐厅的窗户被疯长的植物盖得严严实实，视野被遮挡，让人无法注意到海面的情况，这也是事实。

"可是，即便如此……"森江春策忍不住自言自语，"我也本该想到，和陆地的连接的通路在这种情况下可能会被切断，毕竟这里可是号称'日本的圣米歇尔山'呀！"

据说，法国那座正牌圣米歇尔山世界知名，正是因其在欧洲也屈指可数的圣马洛海湾的潮差。每当海面以最高可达十五米的幅度涨落时,岛和陆地间的通路就会时隐时现。在巨浪袭击前,甚至会有朝圣者去岛上观看。

如今,因为道路建设、沙石堆积,圣米歇尔山过去的景象已不复得见。然而和天眼峡一样号称"日本版圣米歇尔山"、位于鹿儿岛县指宿市海面上的知林岛,仅仅在干潮前后的几个小时里,会有长达八百米的沙洲道路出现。而在佐渡的二龟、西伊豆的三四郎岛,也可以看到同样的现象。

正如这家旅馆的名字一样,森江的思绪忽然跳向了奇怪的方向,如果把小岛比作月琴的琴体,那么沙洲应该就是琴脖吧。然而如今琴脖已沉入水中,便是想弹一曲《九连环》或是《茉莉花》也无能为力了……

但事到如今,这些都已不再重要。与此同时,除他之外的客人们,已经在讨论更实在的话题了。

"怎么样?反正水不可能特别深,再说,海面正下方就是那条铺着板子的路,干脆一口气冲过去试试?"

"冲过去试试?您在跟谁说?"

"这个嘛,肯定是跟你说啊,青冢君。"

"什、什么啊……堂堂芝先生,那您干吗不开自己的车过去?"

"我才不干呢!你别看我那车瞅着不怎么样,它可是收藏家相当垂涎的珍品呢!要是在海水里开着跑一趟,那就一下子成废铁了。而且万一车子从路上掉下去沉到水里,你说该怎么办?"

"那、那我的自行车不也是一样吗？好过分啊您。"

面对青冢草太朗的抗议，堂堂芝昌平毫不顾忌地表示，车价差这么大，这不是理所当然的吗？门胁梓和宇津木香也子则一边看着他们两个人一来一回地争吵，一边也在一旁交谈着。

"要这么说，就算打电话叫出租车，人家也不肯来吧？"

"毕竟又没有可以应对海水的水陆两用车。算啦，反正也没有谁在等我。"

要论对话的毫无意义，这边和那边的几位男人也没有太大差别。

"那个，各位。"这时候，在一旁看不下去的森江出了声，于是四人的目光一齐瞄向了他。

堂堂芝昌平不失时机地轻轻一笑："哎呀，难道大律师要把车开出来，带我们大家离开？"

森江赶忙摇手道："啊，不是，我不是这个意思。我在想，会不会有别的船之类的交通手段，要不要去问问旅馆前台的人呢？哎呀，就是给我们房间钥匙的那个人嘛。像这种情况下应该怎么做，应该只有那个人知道吧——"他一边说，一边想起那个乍一看不辨男女的家伙。

然而，他这段话还没说完，众人便一齐大叫了一声："对啊！"便立马纷纷转身朝旅馆跑去。

可是，众人再次回到大堂后，眼前看到的，只有柜台上一个形状奇怪的镇纸，以及放在一起的一张字条：

我明早会再来。

希望过夜的各位宾客，可以好好地放松一下。

夜宵已经备好，放在休息室里。

前台

"什么啊这到底是？开玩笑也得有个限度吧！"堂堂芝昌平气势汹汹地说道，像是要一拳砸在柜台上似的。

一旁的门胁梓则说："好像手机信号还是有的……怎么办？要联系警察或者消防队吗？"

"啊，这主意真棒！"青冢草太朗开心地接话道，但紧接着又换上了犹豫不决的神情，"可是，要怎么说呢？就说我们想离开小岛上的旅馆回家，但是回不去了，请帮帮我们，他们就能来吗？"

"如果再说风很大，随时可能会被海浪吞没，应该就另当别论了。当然，不想弄湿自己的车这种理由嘛……就不好说了。"宇津木香也子半带讽刺地说道。

"我刚才去外面看了一下，"森江这时插嘴道，"我来时还停在这儿的轻型四轮面包车不见了。我猜那大概是前台的通勤车，大概就是出于你们刚刚说的理由，早就离开了。"

听了这不怎么让人开心的反馈，堂堂芝显得越发焦躁起来："那你说我们到底该怎么办，你不会想说就滞留在这儿吧？"

"你这么说，我也……"即使是谨慎又怯弱的青冢，此时也拉下脸来。

没办法，森江只好介入："好啦好啦……不会滞留那么久的。我们等满潮的峰值期过了，海水就会渐渐退下去，沙洲也就会再度现身了嘛。只要忍一忍，不妨碍汽车通过就可以了呀。"

"哦？那要等到啥时候？"芝芝堂昌平逼问道。

"呃，因为干潮和满潮每天各有两次……但也不好说正好间隔十二小时嘛……"森江一下子回答不上来，只好支支吾吾起来。

忽然，门胁梓指着柜台后面说："喂，那个不就是潮汐表吗？"

森江定睛一看，那里正挂着一张一览表，上面是这一整月的日历，同时写着细细的数字。

"在哪里？在哪里……啊，好像是呢，而且就是以天眼峡这一带为观测点的数据哦。这可真是太好了。"青家草太朗说完，探出细长的身子，专注地看着一览表。

"嗯，这一带的话，今天好像是下午三点三十六分干潮，潮位可以退到三十三厘米。正好是我们到岛上来的那段时间。之后就是涨潮，晚上十点五十七分潮位达到峰值，一百三十四厘米。这之后又会开始退潮……"

"什么时候？干潮是几点？"堂堂芝昌平催促道。

青家慌忙上下查找。"呃……是明天早上四点二十八分。不过……"

"凌晨啊……在那个时间被释放也是挺讨厌的。"堂堂芝用手托着下巴。

青冢则继续说着:"等一下,等一下,听我说完呀。因为这个时候潮水只退到九十七厘米,所以无法保证能像我们来时那样畅通无阻。"青冢一边充分发挥出他爱操心的一面,一边说道。

堂堂芝的眉间挤出皱纹,说:"唉,算了,该怎么办到时候再说吧。现在还是先……"

"您要干什么?"

听到青冢呆呆的发问,堂堂芝昌平立刻答道:"吃饭吧。既然休息室还是哪儿准备了夜宵,那咋能不去吃呢。虽说跳过晚饭直接上夜宵这点也挺邪门,但不知咋的,我这肚子也开始觉得挺饿了。"

"可是没问题吗?先是用荒唐的邀请函把我们骗到这种地方,到了一看,又有那种家伙在……"

青冢那张与其说温厚,不如说是呆头呆脑的脸,扭曲成了平时大抵不会显露出的嫌恶样子。

"哎呀,反正都走到这一步了嘛。"门胁梓说道,"对了,不是有那么句话吗?就是这种情况下用的一个俗语。呃,怎么说来着……"

"'毒饭都吃了,干脆舔盘子'吗?"宇津木香也子毫不避讳地说了出来。虽然吃东西之前说这个的确不太合适,但为今之计也的确只能如此了。

3

"哇，这顿饭好丰盛啊！"

门胁梓发出了欢呼，一旁的青冢草太朗也难得绽放出了笑脸："这里给的分量也相当不错呢。日料、西餐、中华料理……好像开了个小小的冷餐会。"

"重要的是，有酒吗？酒啊！"堂堂芝昌平语气急躁地说。

"酒在这边，要我倒点什么吗？"不知何时出现在近旁的宇津木香也子在他耳边出声。

"啊，不，那个……"

堂堂芝表现出不合年龄的慌乱，香也子又把视线投向森江那边："律师先生也一样？"

虽然对方面带微笑，但森江实在是一点酒量也没有，便举起装着姜汁汽水的玻璃杯示意了一下，婉拒了她的好意。

这里是月琴亭旅馆的休息室，和餐厅、大堂一样都位于一楼。晚餐或者说单纯的酒会，即将开始。

事态进展实在是奇怪啊。森江春策叹了口气，心中不由得嘀咕了一句。

原来还以为会发生点什么……不对，应该是终于到了会发生点什么的时候了，然而，即便如此，还是希望大家不要注意到这一点……森江一个人默默地担心着。

那之后，离开小岛回到陆地的通路被切断了，接着唯一可以依靠的那位前台似乎在涨潮前下班离开这里了。他们虽知道此事，却别无选择，只好按照字条上的要求来到这个房间。

这不就又跟餐厅里的空盘子和刀叉一样了吗？而且，除此之外，休息室角落里放的手推车上，还按人头数足足地准备了很多甜品、饮料之类的吃食。

森江心中瞬间产生了疑虑，然而，其他人却毫不担心被下毒或者安眠药，已经毫不客气地享用起了美食和美酒。

"这座岛上似乎没别的人家了吧。"宇津木香也子像小鸟一样翕动着小嘴，抽空问道。

"好像是这样。"青冢草太朗似乎是个和外表截然不同的大肚汉，下半张脸因为塞了满满的食物，像漫画形象一样鼓了起来。

"好像本来是有人住的，但是现在只有这个月琴亭旅馆了。而且就连这旅馆，似乎也不是一直营业的。"

于是，门胁梓像十几岁的小姑娘一样探出上半身，说道："哦？真有意思呢！那这种情况叫什么来着？封闭……"

"是说'封闭空间'吗？"青冢草太朗补充道。

门胁梓拼命点头说："对对对！封闭空间，也叫暴风雪山庄、雪中孤岛什么的。"

"那也是反过来的吧?"宇津木香也子歪着头说。

森江春策一边斜眼看着他们这一来一回的问答,一边暗暗地叹了口气。

终究还是说出了这个词啊。虽然有点稀里糊涂的,却帮了他大忙……不过,大家果然还是注意到了。

如果这里是封闭空间的话,那也真是不知该怎么形容这种毫无紧迫感的"暴风雪山庄"或是"雪中孤岛"了。

真的是,开来的车被海水腐蚀了不乐意,叫出租车又感觉不会来。就因为这种理由,这些男女最终选择了留在封闭空间中。真的是,他们既不知道可以叫船,更不想游泳离开。

哎呀,那,离开前就在这儿随便将就下吧,剩下的事总会有办法的——大家就达成了这种论调。

而与此同时,他冥冥中又感觉自己不可能这么轻松地躲开。悠闲的表情之下,潜藏着事情不会就这么结束的预感。

其一,为了把他们五人骗到这里来,有人不惜特地准备五封虚假的邀请函。做到如此地步,那就不能说只是个精心设计的恶作剧了。

其二,可就不一样了。和森江等人不同,千千岩征威这位正牌审判长,是被暴力手段袭击、绑架后,继而运到这里的,接着还在餐厅里被当成珍稀的食材,小心地绑好后进行"展示"。

这里面显然存在恶意,不可能没有邪恶的意图。

而且，最重要的是，千千岩征威这个男人的存在本身，就为现场带来了一种异样的气氛，让人无法不感觉到暗流涌动。

他本人此刻独自占据着休息室角落里的一张小桌，正一点一点地啜饮着某种似乎很烈的酒。

莫名其妙地，他就被带到了这种地方。接着，一群人接连对其进行暴力式问罪，揭露其过去的所作所为。然后是私刑吗？可即使他如此担忧，也毫无办法。他最终被逼到了这种境地。

然而，在那之后，包括森江在内的众人却忽然如同摆脱了附身魔物一般，收起了千愁万恨的锋芒。话虽如此，大家到底不可能亲切起来，向彼此投去的只是冷冰冰的目光和虚伪的假笑而已。

千千岩被捆绑后正对着的女主人餐位上，放的果然是在这里过夜的房间钥匙。照理说，他应该很想顺从绑架犯无微不至的安排，赶紧躲回房间里去，可他没有这么做。

也是挺有骨气的。他可能想，要是慌慌张张地逃到被分配的房间里，一定会被众人大声嘲笑是胆小鬼吧。

但他最大的动力却不是这个，而是饥饿和口渴。千千岩被什么人抓住、弄晕以后，已经过去了相当长的时间，他的胃袋早就瘪瘪的了。因此，他才会决定，不管别的，先在这里能吃吃，能喝喝吧。

然而，即使考虑到这种情况，千千岩征威的用餐仪态，和其年龄与职务也相差太远了。嘎吱嘎吱，幕呷幕呷，皋窟皋窟，咕哗咕哗……那气势就仿佛要把这些拟声词扔向四面八方，将道貌岸然的审判长的真实面目展现在了周围人面前。

"喂，大律师。"森江正心思复杂地远远望着老审判长的用餐情景，肩上突然挨了堂堂芝昌平一巴掌。

"总觉得事情变得奇怪了。你说，把我们和那个'悬梁法官'弄到这儿来的，到底是什么人，又是出于什么目的搞了这么多把戏？你啊，是不是心里已经有点眉目了？"

"没有。怎么可能？我完全如在云里雾里。"森江春策对他摇了摇头。

"哦？是吗？"堂堂芝昌平脸上浮现出怀疑的笑容，"那，老实说，那家伙在我们中间吗？还是不在这儿？关于这个问题，你咋说？"

"在我们中间……也就是包括我和你的意思？"

"当然了。"堂堂芝立刻回答道。

"关于这一点，现在这个阶段还……堂堂芝先生，您怎么认为？"过于急切的问题让人猝不及防，于是森江转而反问对方。

"这个嘛……"堂堂芝昌平一边摸着下巴一边思考，然后说道，"首先，最可疑的就是那个前台。哎，就是那个不男不女的家伙。"

"啊，那个人啊。因为对方给了我们钥匙？"

"没错。那家伙是旅馆方面唯一的一个人，不可能不知道这儿发生了什么事。可那家伙明明知道，还是参与了这个烦人的计划。你说没错吧?"

"嗯,谁知道呢。"森江春策委婉地打断了对方的话,"那人其实什么都不知道,只是单纯被这里雇用了而已,并且也从没见过老板——我大概会这么理解。"

"你这人挺天真的啊,不是干律师的吗?"芝芝堂刻薄地说了一句,然后接着说道,"你想,别的事姑且不说。那边那个千千岩,在餐厅里可是被绑成了那副鬼样子,那家伙总不可能连这个都不知道吧?要是明明知道却扔在一边不管,那家伙可就成了绑架囚禁的共犯啊。"

嗯,这倒的确是——森江正打算这么回答的时候,有人怯怯地插话进来:"那个,关于这个话题……这个,跟那件事有什么关系吗?"

是青冢草太朗。

"你在说啥?"堂堂芝甩过去一道凶狠的目光,青冢瞬间显示出畏缩的样子。

"就是说,我在餐厅瞥到了一件东西,但不知道是什么。呃,当时最早到餐厅、发现那个老头被五花大绑的,是堂堂芝先生,对吧?"

"啊,是啊。"堂堂芝回答道,"估计他本来想表现得稳稳当当的吧,但那家伙到底还是发出了怪声。可真是丢脸哪!"

"不是,我想说的不是这个……当时餐厅的门是开着的吗?就和我看到的时候一样?"

听了青冢的问题,堂堂芝的表情变得非常认真起来。

"不是，门是关着的。接着我随便推开一看，就看到了当时的情景。好了，那个'不知道是什么'的东西是什么？"

关于这件事，森江春策也正想听他说。

"就是这个。它粘在一扇门的下方，我想可能是什么机关，就碰了一下，结果它就掉了下来。我就猜测，该不会是堂堂芝先生开门的时候撞到了哪里……或者踢到了什么吧？"

青冢草太朗一边说着，一边掏出了一样东西。这是个粗糙的替换部件，像是从什么机器上扯下来的。

"哎呀，当时都吓死我啦，所以使的劲就大了点嘛……所以这是个啥？"堂堂芝挠着头说。

"哎哎？这是什么呀？"门胁梓忽然尖着嗓子插入对话，嗖地从青冢手里把那个机关夺了过去，然后翻过来转过去，开始检查起来。

"这东西该不会是……"森江对她说道，"为了防止餐厅门被打开而设置的机关吧？这个部分看起来像止动器，而且好像还连着个计时装置。这样通过二者的联动，就能让门在某个时间之前不能被打开，也就让人没法在那之前进去了，不是吗？"

"如果是这样——又是为什么……要这么做呢？"宇津木香也子微微含笑问道。

"换句话说……就是这么回事吧？"堂堂芝昌平撇了撇嘴说。

"那个把千千岩征威带到这个旅馆，又把他绑在餐厅椅子上的家伙，也就是这一切的策划者和实施者，不希望在某个时间点以前有别人看到这光景。所以，他就在餐厅入口的门上设置了那种机关。"

"原、原来如此……"

"又安排得这么妥帖！"

与其说是钦佩，陆续响起的声音更近于惊呆。

"依我之见，"森江继续说道，"那个前台只是临时雇来的，只是为了完成交代给自己的工作吧。而被指定的工作内容就是：给来到这里的我们发钥匙，告诉我们晚饭已在餐厅备好，留下写有夜宵如何如何的留言条，然后趁涨潮之前离开这座岛。"

"而且，就和农村的便宜旅馆一样，到了晚上，工作人员就会回家，在第二天早上上班之前一个人都没有，所以这种安排倒也不是很罕见。不过，这仅限于我去采集和调查的时候会住的那种旅馆。"青冢草太朗说道。他看起来这么文弱，想不到竟连露宿森林都不以为意。之后他继续说道："不过，如果那人打算明天来上班，就说明下次干潮的时候，那个沙洲可能会在海面现身，供人往来行走了呢。太好了……"

"前提是，他的雇主也是这么打算的。"森江春策慎重地说道。

"你是什么意思？"堂堂芝道。

"意思就是，即使那位前台打算明天来这儿上班，雇主也可能只做了今天的打算。如果是这样，那明天早上那位前台看到浸在海里的沙洲路，只能一脸哑然的可能性也……"

"简直像傀儡一样,人家怎么说就怎么做。"青冢草太朗说道。

"没错,就像我们一样。"这时一个带着笑意的声音响起,令众人大吃一惊。是宇津木香也子。

"如果那个人和我们这次被卷入的事有着千丝万缕的联系,那她不可能那么正大光明地在我们面前露脸,对吧?不过,那个人大概不知道我们没吃晚饭,她可能还会误会:'只是个夜宵,竟然要吃这么多。'"香也子笑着说。

然而,门胁梓不知为何愤然起来:"而且,直到那个前台离开这座岛,潮涨起来,我们大家去餐厅之前,那个装着'悬梁法官'的礼盒都被带时间开关的锁锁着。即使有什么万一,也能确保我们看不到。可真是考虑得细致如丝呀!"

"那……这个考虑得细致如丝的家伙,搞了这么多事,到底想干什么?"堂堂芝说道。

"那个……难道不是应该对方反过来问我们这句话吗?"青冢草太朗突然插话,众人立时惊讶地望向他。静寂升起,青冢用结结巴巴的话语填充其间:

"……这是我故乡那边的事。某一年的选举,忽然有好几位新晋候选人报名参选,于是风平浪静的选举一下子变得一派热闹。这可是个好机会:要是让之前那些头头们失去影响力,整个社会都会为之一变吧。于是,以前跟这些事毫不沾边的普通人,为了表示支持,开始拿着亲手做的便当四处奔走,还帮忙做赈济穷人、散发宣传单之类的事。

"结果,到了第二天的投票日,他们都被警察上门问候了。虽说他们都穿着便衣,不过竟然有那么多,不免让人疑心这些人真的是这个镇子上的吗?我奶奶本来只是去给新晋候选人的选举办公室帮忙,勤勤恳恳地准备食物和饮品,结果被说成是拿着酒去有权有势的人家里求票的。我爷爷本来就是帮忙收拾了一下演讲会会场,结果也被说成是在借机发放装着现金的信封。

"最后,甚至连收买集会这样没影儿的事都编出来了。如同撒网打鱼一般,逮捕者一个接一个出现。镇上有几百个人家都遭遇了这种事,其中也包括我家。

"我们什么都不知道——原来一直统治着我们镇的执政党的强势议员和地方警察局的干部勾结在一起,他们为了颠覆民意才策划了这一切。

"被逮捕的每一个人都觉得自己很快就能回家。但是事实并非如此。法院含糊地拖延拘留时间,一百天、两百天都是常有的事,更有甚者,一年多了都不能回家。他们不断进行荒唐可怕的审问,不是踹椅子,就是说什么要练柔道,然后若无其事地把人摔了出去,或者话里话外暗示灾祸可能会波及家人。于是大家一个个都认了子虚乌有的罪,然后认罪书就被送到了检察院。

"也有人的遭遇有点奇怪,我母亲就是如此。母亲本来以为,审问者是精英检察官,一定能好好沟通并理解她的情况,不料她却被强行要求在口供笔录上签字。母亲拒绝了,这个检察官便一把抓住我母亲的手,连笔一起,对着一张不知道从哪儿弄来的我的照片,一个劲地猛戳。眼睛戳烂了,

嘴巴戳裂了,最后已经完全不辨原来的面目了。然后这个检察官说:'你要是不签字的话,可爱的儿子就会变成这样。'

"受到这种精神拷问后,我母亲的精神崩溃了。至于之后被起诉以及再之后的事,她已经完全不在意了。因为母亲猜不到最后的结局。而我只想知道,那个检察官叫什么名字——就是千千岩征威!"

在这句斩钉截铁的话被说出的瞬间,正在角落桌边默默吃东西的老人,动作似乎停滞了一瞬。

然而,很快他就佯装不知情,继续喝起了剩下的酒。

"这可真是意外啊。那位老兄,连检察官都干过啊?法官或检察官退下来以后干律师倒也算了,但是兼任这两个……这也可以?"堂堂芝昌平一脸愤然,故意大声地说道。

青冢草太朗点点头道:"的确如此。所以当你们大家管这个人叫'法官'的时候,我真的吓了一跳——这到底是怎么回事?"

诧异的眼神投向森江春策。无奈之下,他只好开口:"就是所谓的'法检交流'吧。"

众人又投来"哦?那是什么"的诧异眼神,森江只好接下了解说员的角色。不过,关于这件事,他要说的还是挺多的。

"呃,照实说,创建这种制度,一方面,是为了培养既能和检察官产生共鸣,又能像检察官一样把普通国民当成罪人看待的法官;另一方面,也是为了培养熟知法官心理和内情的检察官。在战前,法官和检察官都是归司法省管的,所以在很长的时间里,他们都在为复活这项制度而暗中布局。到了二十世纪七十年代,两方的人事交流突然变得极其频繁起来。不过,主流的观点是,这是因为当时接连出现了对执政党政策的违宪判决,为了打击这一趋势,他们才出此对策。"

"这又是怎么回事呀?"门胁梓问道。

森江"嗯嗯"地答道:"在行政审判中,担任国家一方代理人的检察官叫作讼务检察官,然而,要是这位检察官直接做了法官,那我们就不可能指望他能做出采纳国民请求的判决了,对吧?事实上,因为这种弊端实在是太严重了,所以此前执政权被移交给民主党的时候,就已经停止这种做法了。只是不知从什么时候起它又复活了。毕竟,按照国民审判的结果,我们可是不希望有这种执政党的!"

"嗯嗯,原来是这样。这么一说我就想起来了,以前,有个漫才师傅[①]就叫'若井法官&检察官'……啊不,没啥。"堂堂芝昌平把自己的话否定了,接着以一句"那,我也来说几句吧"开头,稍稍调整了一下语气,开始讲了起来:

"其实我弟弟是个相当优秀的人才,还是个很能干的工程师。我靠着从老爹那儿继承来的财产,开了家小小的饭馆;而那家伙则想开一间自己的实验室,便没动那笔钱。他先是在本地某家公司找了份工作。因为是个稍微有点历史的地方,所以公司文化特别因循守旧,各种苦头他也是吃了不

---

① 相当于日本的相声演员。

少。即便这样,我弟弟也没气馁,他到底还是搞出了一个有划时代意义的发明。那是个全世界都翘首以待的电子零件,公司当初觉得不可能成功,早已放弃了。结果,之前一直完全不理解、只顾拼命拖后腿的公司,这时候态度突然一转,花了一大笔钱将那个发明专利抢走,然后在某个大企业的压力下又企图将发明彻底毁了。

"即使是我弟弟那么老实温厚的人,也表示了抗议。结果从那之后,那家伙的身边就开始发生各种奇怪的事,有时甚至可能危及人身安全,可是警察根本不认真搭理他……然后有一天,有人告诉我,说我弟弟的尸体在某个废弃建筑里被人发现了。他是被人用刀捅死的,而且本来在很长时间里都没有死,最后因满地打滚失血过多而死。太惨了,我一句话都说不出来。

"幸好杀人犯很快就被抓住了。可让我震惊的是,公司因我弟弟的发明而跟他冲突不断,以及此前的各种找碴儿,都被法官完全忽略了。最后结论竟然成了因痴情而起的互相杀害,而且还说最先动手的是我弟弟。

"他肯定极其懊悔吧?可留在世上的我们也一样……不,当时我们真是得了你不少的'照顾'啊!该制裁的不制裁,我们这些亲戚本来发言机会就不多,最后也给白白浪费了。你一心只想着谄媚强权,死缠烂打地让我们和公司和解,到头来将一个好端端之人的人生抹黑。对你们这些司法相关人员,我可真是感激得五体投地啊——尤其是千千岩审判长阁下!"

这一次，他显然有了反应。

千千岩征威粗暴地把筷子甩在桌上，然而，当他意识到自己引来了森江等人的注视时，他便咚咚地挪了挪椅子，背对着他们。

"下一个，我来……可以吧?"宇津木香也子举起娇小的手。

当然不会有人表示异议。不一会儿，香也子带着一脸仿佛绝不会消失的微笑，甚至还不时夹杂着轻轻的笑声，开始了她的讲述。那是和刚才胸口那一瞥而见的伤疤有关的回想。

"执掌法律的人，真是不可思议呢！与其说是天真烂漫吧，或许更应该说，他们过的是纯粹的培养型人生。毕竟，这对男女无论是在过去还是现在，肉体上还是精神上，从来没有过任何瓜葛。其中一方恋上另一方，展开全方位的追求，自作主张地把对方当成人生伴侣，结果却因为对方不能接受，便激动起来，想把对方的人生和身体都彻底毁灭。对于这种极其常见的发展倾向，他们却无论如何都没法接受。

"还有，我们的社会的确生活着'怪物'，可那些人永远不会去尝试理解这件事。他们就算承认这种人的存在，脑中想的也只是这种人适用于'无行为能力'这种蠢话，从而可以给予免责。

"如果一个男的用刀砍了一个女的，那他们两人之间一定有某种关系，当然，女方肯定也有'错'……他们就这么随便编了个故事，把'怪物'再次放回人间。之后，那家伙立马到了我那里，用铁管殴打了我一通，我的一只手也被打残了。这件事的责任，到底该由谁来承担……嗯？"香也子像提问似的，在最后语气上扬道。

那之后，是漫长而沉重的沉默。迄今为止的告发中还未有过这般的不愉快和憋闷，休息室被寂静包裹着。

千千岩法官之前一会儿红一会儿白的脸，此刻简直像死人的脸一样，苍白似蜡，毫无生气。

"不好意思。"森江留下这句话，便蹑手蹑脚地走出休息室，朝洗手间而去。相比于尿意，他更想疯狂地用水洗把脸。最主要的是，他无法再忍受现场的气氛了。

洗完后，他又让自己的脸在哗啦哗啦的冷水下冲了一会儿，这才终于平复了心情。这时，从休息室的方向传来了乒乒乓乓的巨大响声，紧接着就听到了一句怒吼："真是受够了！"

休息室里的堂堂芝等人吓了一跳，回头看去，只见一片狼藉的餐桌前，千千岩征威正气势汹汹地立着。他那细长的脸宛若朱盆女妖[①]一般，上面根根血管凸起。他把手上紧紧攥住的玻璃杯往地上一摔，道："谁还能在这儿待下去……我要到别处去了！我可忍不下更多的侮辱了！我不会辩解的，明白吗？法庭上不是发现真相的地方，我们这帮人不过是仰最高裁事务总局鼻息的'比目鱼法官'。就算真是你们说的那样，造成那种结果的又是谁？万事不喜争执，遇事敷

---

① 朱盆女妖，一种日本妖怪，满脸如红漆般血红。

衍了事，最重要的是，还不肯明确划分责任——在这样一个国家，难道法院可以成为例外？就像美国民权运动那时候一样，如果我们做出的判决超前社会一步，转眼就会遭到群殴……哼，不管做什么都无聊至极！"

扔下这一句后，他就迈着大步离开了休息室。不，准确地说，是打算离开休息室。因为他走之前还抄起了手边的酒瓶咕咚咕咚大口喝起来，然后又顺走了面包、鸡蛋等吃食，当作跑路的资财。

森江春策任水滴从手和脸上流下，匆匆忙忙地用手绢擦了擦。当他从洗手间出来往回走的时候，这阵骚动正好刚刚结束。

森江在休息室入口和怒气冲天地冲出门来的千千岩法官差点撞个满怀，随后目送他冲出了旅馆门。之后，休息室里的气氛突然陷入一种奇妙的安静中。仿佛要对抗这安静似的，堂堂芝用开玩笑的语气说："忍不下更多的侮辱，说的是咱们？"

然而，这并没能引起笑声。

"什么嘛，真没劲。"不一会儿，门胁梓打破了沉默。她用一种奇怪的慌张语气说道："下一个好不容易要轮到我了……刚才我已经稍微提过一些，就是那个民众要求停止第一动力燃料机构中枢设备建设的诉讼案，以千千岩征威为首的众审判员，把居民提出的请求全部拒绝了。结果那个老头子签名担保的巨大设施顺利建成之后，我们就遭遇了惨重的天灾。于是，伴随着轻而易举的崩毁，有毒物质也扩散到了周围，美丽的北都市遭到了何等残酷的侵蚀和毁灭——我都摩拳擦掌，打算把这些细节一一道来了。真可惜！"

因为这话，气氛恢复了几分。然而，此时森江春策虽然对门胁梓深表同情，觉得"这种心情也不是不能理解……"，心里却不由得想到了别的事。

大家这番痛切的揭发和定罪，那个老人到底有没有听进去呢？不管怎么说，那场袭击了那座美丽小城的史无前例的"人祸"，以门胁梓没能说出口而告终，或许也挺好的。

"啊！完蛋了！"不顾森江如此的思考，门胁梓突然发出受到惊吓似的声音。

"什、什么啊？"青冢草太朗用手抚着胸口，好像在说：我的心脏呀！

"就是那个让警察出船带我们离开这里的点子啊，我忘了，其实有一个人适合去求助呀！"

"你说的是……啊，原来如此！"

露出一脸惊讶后，青冢出了声。宇津木香也子嫣然一笑："只有一人，只有千千岩征威是在违反自身意志的情况下，被强行带到这里来的，更何况他还被绑成那副样子示众，这可是确定无疑的犯罪受害者。所以，警察也没办法不行动——对吧？"

原来还有这个办法……这样的气氛开始扩散。这时，堂堂芝昌平开了口："实在是很难赞同这个法子啊。"

"怎么了？"

被森江询问后，他脸上先前阴沉的表情，接着渐渐染上朱红。

"毕竟,就算这样,不也没法保证我们大家能一块上船吗?说到底,要借那家伙的力,我就咽不下这口气。而且,怎么能让那家伙这么轻松就逃出去!"

第四章
死刑执行人在夜里漫步

1

自本该在鲜血祭典上被当作贡品的"悬梁法官"愤而离席后,月琴亭旅馆里的夜宵餐会也越发变得没意思起来。

不管怎么说,食物毕竟是丰盛的,酒水也是充足的。虽然眼下无法离开这个岛,但到底不会等太久,大家也就留在休息室继续吃喝了。没有一个人打算去被分配的房间。

要是一不小心睡着了,和陆地连接的通道被水淹了,的确是挺糟糕的。但最糟糕的还是森江春策。

因为,相对于完全不会喝酒的他,其他四位大抵都是久经考验的酒鬼。而且不知是因为多年郁闷一朝吐尽的作用,还是因为旧伤口被撕开了,他们这酒干脆喝得更来劲了。

这样的酒友森江是想尽可能避开的,奈何他们就他的行业不停地问这问那。大概是因为他们感觉到,要想和千千岩征威这种审判长对抗,理论武器还是必要的吧。总之,事态就变成了这样。

"虽说日本的审判有罪率达百分之九十九点九,但现在已经实行陪审团制度了,不知道情况怎样了?我想业余陪审员既没必要给检察官面子,也不会眼睁睁看着已知是无辜的被告被判罪……这方面,是个什么情况啊?"

只要堂堂芝昌平丢出这类问题,即使对方是一边灌着琥珀色液体一边问的,森江也会一本正经地予以回答。

"的确。虽然我现在想不起具体的数字来,但因为无辜的人获得无罪判决的可能性近乎零,所以数字变得相当巨大,这是事实。不过,在这一点上,也有奇怪的事发生……"

"奇怪的事……嗝,是什么?"青冢草太朗问道,丝瓜一样的脸被催熟得红通通的。

"为了能让案子进入一般国民的视野,获得有罪的判决,照理说,像齐整的证据、证言这种没有合理质疑余地的实证应该是必要的。然而,不知为何,他们并没有以此为目标,反而朝降低提请的处刑等级以更易获得有罪判决的方向奔去。打个比方,本来应以故意伤害致死罪问责的,他们就提请故意伤害罪和过失致死罪;本来是抢劫致死伤罪的,他们就分别以抢劫罪和致死伤罪问责。"

"这算什么?归根结底不还是沆瀣一气吗?"门胁梓发出极其吃惊的声音。

森江继续说道:"是啊……还有更过分的。比如,有个真实的案例,被害者被杀害后,尸体又被掩埋了。检方锁定嫌疑人后,理应提请故意杀人罪或故意伤害致死罪。结果他们二话不说就决定不起诉,只向法庭提请了侮辱尸体罪。"

"这——到底是为了什么呢?"宇津木香也子问道。

"因为侮辱尸体罪不适用于陪审团制度啊。这样一来，检方就可以和法官一唱一和，将凶手判定为有罪。"

"呃，也就是说……嗝！他们该起诉的不起诉，总是判比较轻的罪，不给予准确的刑罚，对吧？这可真是太过分了。这样无论是对被害人，还是对遗属来说，都是无法接受的……嗝！"青冢草太朗打着嗝说道。

"真是这样。"森江点了点头，"不管怎么说，接近百分之百的有罪率，对我们律师来说是一道严峻的铁壁，而对检察院来说，也是无论如何都要守住的指标。"

"岂有此理，真是岂有此理！"堂堂芝昌平一边灌下更多的酒，一边愤慨地说。若只是这样还好，谁知他却冷不防死死盯住了森江。"森江先生，这种叫人悲叹的状况，你可别说跟你们这伙人没啥关系哦。什么一唱一和啦，沆瀣一气啦，这些事能存在，还不是因为你们干律师的也都习惯了吗？"

"啊，啊……"

"啊什么啊哟！说到底，我弟弟良介上庭时的律师多半也很过分，完全没有战斗的气势，最后才会落得那样的结果。"

"是啊，我妈妈那时候也是！"青冢草太朗咚的一声敲响桌子，热得过分的脸半边都快要融化了，"说到当时那个律师，因为要应付的是政府，他彻底被吓蒙了……森江先生，这样也可以吗？！"

"啊，不，那个……"

虽然想笃定地断言"当然不可以",但他实在是见过太多可耻的真实案例。众人缄默的嘴巴仿佛寻到了突破的罅隙,新一轮的愤怒一倾而下:

"这么说来,我也是一样……"

"我要说的话可也有一箩筐呢!"

实在是让人难以招架。

若是严肃的论辩,他倒也可以起身迎战,然而这毕竟是酒后的浑话。等他们酒醒之后,肯定会因为为这事较真后悔的。话虽这么说,再这么继续下去,森江也差不多快到极限了。

"啊——哈哈!"森江猛然站起身来,伸了个大大的懒腰。面对堂堂芝等人呆呆的仰视,他一边留意着怎么让演技自然些,一边说道:"不好意思啊,不知怎的困劲突然上来了。让我稍微去上面躺一会儿吧。过会儿再聊。"森江装出一副实在睡意难敌的样子,一边仿佛睁不开眼一般眨巴着眼睛,一边说道。

"哦,是吧。"对于森江的动作,唯一的反应就是堂堂芝这句干脆的话。

没有任何人挽留他,也没有流露出一丝遗憾的表情,甚至连一句"那等退潮的时候,我们叫你哦"都没有。于是,森江只能离开休息室了。

实在是不痛快得很,可这只是森江的想法,其他四人则若无其事地继续吃喝着。

事到如今,也不可能再留在这儿了,森江垂头丧气地出了休息室。一出休息室的门,他便开始爬楼梯。

爬到一半时,一如方才去餐厅时一样,他透过楼梯扶手俯视休息室的方向。这时候,青冢草太朗和门胁梓注意到了他,轻快地跟他挥了挥手打招呼。这成了他唯一的安慰。

2

森江春策回到房间后,突然感到疲惫袭来,便坐在了木椅上。他把胳膊肘支出来,靠在桌子上。

然而,很快他就恢复了精神,站起身来。

对了,得联系一下新岛女士。

于是他掏出手机来,给助手兼秘书新岛友香去了电话。现在已经过了十一点,给年轻女士打电话的确有些晚了,他琢磨着,还是在语音信箱留个言吧。

可是,拨号的嘟嘟声刚响过一声,对面马上便传来了"您好,哪位"的开朗嗓音。

"啊,这……你还没睡啊?这么晚真不好意思,是这样……"

森江姑且把情况不得要领地讲了一下,然而话还没说完,友香便道:"啊,被困在暴风雨孤岛了?而且一起的还有过去有过恩怨的人,以及遭人怨恨的首席被害候选人?这不是相当危险吗?"

她的语调莫名兴奋。

"不是啦,那个,也不是什么大事……首先,这边天气极其平静,也几乎没什么海浪。"

森江又多讲了几句。

"啥?不想让自己的车沾到海水,这点小事又没法叫警察,就因为这种理由弄成了'封闭空间'的局面?这算什么啊?"

友香的腔调与其说是震惊,不如说更近似于半带叹息。

"唉,谁知道呢。"

森江一边应着话,一边瞥向陈列柜,立在上头的天线显示灵敏度极好。

"像这种半荒弃的孤岛,我还以为不太能接收到手机信号……嗯,不过以前倒也有过这样的情况。"

"这么说也是……那我要怎么做?不管怎么说,我打算先调查一下聚在那里的人。"

虽然是一如既往的利落反应,森江却略带歉意地说:"我感觉还不至于此……算了,你看着办吧。等明天连接陆地的路通了我就回来,所以别让日常业务受到影响哦。"

"当然了。那就这样啦。"

说完这句,电话就挂了。

这么一来,该做的事差不多都做完了。接下来就没什么可做的了。毕竟他没有预见到会发生这种事,也就没带什么能打发时间的玩意儿。

屋子里没有电视,虽然有台笔记本电脑,看上去也不像能联上网的。森江琢磨着哪怕带个小收音机来也好呀,可他连这个也没有。本来还想着下次旅行前要买一个的，但毕竟这不是什么必需品，他便忘记买了。

森江伸手从放在旁边的包里拿出惯用的硬皮笔记本，开始写起备忘录来。毕竟除此之外，实在也没什么可干的了。

如果可能，他想调查一下堂堂芝昌平等人与千千岩征威过去的那些恩怨。再来，他也想调查一下千千岩其人，可惜他用的老式手机连上网搜索都费劲。

把我们这群人请到这里来的到底是谁？又是出于什么想法和目的？这个问题已经引发过讨论，森江自己也琢磨过好多次了。把心怀怨恨的人们和他们怨恨的对象放进一个水槽里，那个人到底在期待什么？他是想给过去的恩怨再点上一把火吗？

另外，这位邀请人到底在哪里？难不成就在客人之中？如果是这样，那么他想对千千岩征威做什么？不，应该这么说，他想让千千岩做什么……

正当他犹豫不定的时候，楼下突然涌来一阵欢笑声。不仅是欢笑，甚至连音乐也响了起来，貌似他们已经玩得热闹起来了。

说起来，休息室里有一台旧式立体音响，应该是在用它放唱片或者广播吧。堂堂芝等人大概放弃了七想八想，打算在离开之前只管消磨时间吧。

要是我还在那儿就好了呀。要不现在再回去……不行，这么干也不太好意思啊……

怀着某种羡慕的情绪，森江从椅子上站起身来，来到走廊上看热闹。然而，或许是因为欢宴刚好告一段落，此时楼下变得一片静寂。

这里是沿着二楼走廊并排而立的众多客房。最靠前的是那个神秘女人宇津木香也子的房间，接下来的一间住的是那个戴眼镜的小芥子木偶研究生青冢草太朗，再接着就是森江现在所在的房间了。

其后挨着森江房间住的，是那个乍一看卖弄风情，实则泼辣刻薄的门胁梓。她隔壁住的，是那个个性强势，说不定连餐馆食客选什么餐都要管的堂堂芝昌平。而最里面那个房间，则充作人称"悬梁法官"且丝毫不见反省之意的千千岩征威的客房。

再往里面有一个楼梯，从那里貌似可以通到屋顶，不过森江没什么兴趣去确认。毕竟空间昏暗，楼梯又腐朽得厉害，感觉还是不要去看为好。

这么一来，我只好去睡觉了……可要真熟睡过去了也不好啊，森江想道。

森江松了松领带，往床上仰躺了下来。他保持着躺姿，猛地把视线放低，便可以看见房间门口。岂止是门口，连走廊也看得一清二楚。

森江懒得爬起来去关门，况且他也想知道其他客人的动向。毕竟都找到了回陆地的办法，他可不想自己一个人被丢在这儿。

话虽如此，森江春策还是忍不住继续想刚才那件事。

冲着千千岩征威把多年的怨恨一通发泄，这番揭露已经上演过了。对主办者而言，这就可以满足了吗？

还是说他仍不满足，仍在期待事态变得更严重，比如说，对"悬梁法官"进行法外制裁，并进而对他进行处刑？

怎么可能啦！森江马上摇了摇头。虽然被邀请到这个旅馆来的客人都各有脾气，也都有各自的情况，但想来总还不至于真做出那种事来。不管演出道具摆得如何一应俱全，只要演员不行动，便出不了什么事。

森江就这么一直躺在床上考虑着这些事，竟然没有一丝睡意。不过，他也并没有起来做点什么的心思，便只是呆呆地盯着门外的走廊。

楼下的欢声笑语还没有结束，看样子他们终究还是决定玩个通宵了。不过，在这种心情糟糕的状况下，他们会这么想也不意外。

照这么看来，就算等到下次退潮，能够通过那个路桥回到陆地的时候，他们恐怕也不会叫上自己，而是会直接拍屁股走人。这么一想，森江越发不能进入梦乡了。

森江一会儿瞅瞅既没有证据、时间上也不急的工作文件，一会儿翻翻偶然塞到包里的某个侦探小说家朋友的一部作品，权作打发时间。那本书据他本人说是耗时数年的力作，不过，故事还没有怎么样就结束了。

在这期间，好像没有人跟他一样回到了二楼的客房。和一楼相比，二楼阒静无声，几乎感觉不到一丝人气。

到底单调和无聊让人难耐，森江的意识渐渐开始飘忽。这时，咚咚咚咚，响起了好多人的脚步声，伴着喊声从楼下传来。

"喂！森江先生！起来吗？！"这是堂堂芝昌平的声音。

接着是青冢草太朗的公鸭嗓："快到下次退潮的时候啦，要去看看吗？"

"是的，是的，再不下来，我们就丢下你了哦！"这个是门胁梓。

唯一没出声的是宇津木香也子，森江一边想着，一边走下楼梯，却发现她也在休息室等着他呢。

"哎？千千岩呢？"

被香也子这么一问，森江随即环顾四周，说："啊，这么说来……"

可是为什么要问我啊？伴随着这个疑问，森江从众人此时望向自己的怪异眼神中察觉到了一丝可疑的气息。堂堂芝昌平还语调慌张地开口道："虽说不至于着急忙慌，可太优哉游哉的也不行呀。再在这儿发愣，兴许潮又涨上来了哦！"

青冢草太朗也紧跟其后道："是的，而且现在的潮位跟昨天下午的比要高得多，就算能通行，大概率也只能坚持很短的一段时间。"

森江抬头一看，休息室里的钟表正指向凌晨四点多。他瞬间感觉到了一丝微妙的违和感，接着便注意到大家正企图让他忽略更重要的事。

"等……等一下，好吗？千千岩法官怎么办呀？要把他丢在这里吗？"森江急忙叫住正打算抬脚走人的堂堂芝等人。

"啊……那家伙啊？那家伙怎么着都行吧。"

堂堂芝昌平的腔调仿佛吐了口东西，青冢草太朗也随着他的话说："对、对呀，别管他了，还是赶紧跟这地方脱离关系更要紧……"

"我们也不能这么做呀！"门胁梓插嘴道。

看到两位男士一脸意外地转头看她，她开口道："要是把那家伙丢在这儿，就等于原地把他放跑了呀！难道大家冲那家伙把怨气发泄完，这就气顺了？"

"怎、怎么可能……"

"才不可能顺的吧！你可别小瞧我啊！"

青冢和堂堂芝发出一强一弱的反驳。

"说得也对呢，要对法官先生说的话还有好多好多……在那之前他可不能出什么事呢！"宇津木香也子挂着一脸意味深长的微笑看着森江等人。

这时门胁梓又说道："说起来，那个老头从刚才起就再没见到人影了，他打算在那房间里窝到什么时候啊？森江先生，既然你刚才都那么说了，你干吗不直接带他一起下来呢？"

那房间？带下来？森江再次感到疑惑。那种感觉宛如某种即将发生的巨大骚动的前奏，轻若棉絮，状如无物。

"就是！说到那家伙，这边都吵成这样了，那边咋还一点下来的意思都没呢？"堂堂芝昌平仿佛才注意到这件事一般说道，青冢等人也一并连连点头。

只有森江春策还有点不能理解："请等一下，千千岩法官不是出去之后就没再回来了吗？我觉得他应该不在房间里吧？"

话音刚落，堂堂芝就带着奇怪的表情说道："哎呀，还不是因为你在我们大伙看到他之前，就上楼去了！他就那样，从右往左，步子走得像在试探似的……之后就再也没有下来过。除非他变成透明人，或者成心溜到哪儿去了，不然他就应该还在二楼。"

"就是这样的，森江先生。"青冢也出声表示赞同，"当时我也看到了。你看，从这个休息室看过去，不是能看到一段往二楼去的楼梯吗？"

森江一边顺着他的指尖方向看过去，一边点头道："嗯嗯，我明白了。"

关于这一点，借助他本人上下楼时俯视休息室的体验就能理解。

"当然，你离开这里时的背影，我们也看得到哦。"宇津木香也子一边用极细的眸子盯着森江，一边说道。

接着青冢继续道："在那之后，不知过了多久，我们就看到了千千岩上楼梯的身影。想必他之前是因为受不了我们的追逼逃出了旅馆，那时候正打算偷偷溜回来。"

"他是没那个胆子和体力露宿外头吧。就是因为他的判决，北都市的市民才不得不承受比露宿街头更大的苦难，大部分人现在都还住在临时安置所里啊！"门胁梓的嗓门越说越大，尤其是到最后几句的时候，她已经在强压着感情了。

"是啊，当时……"堂堂芝昌平或许是想压过小梓的负面情绪，特地提高了声音。

"日期的确已经变了。对对，肯定已经过了半夜零点，这点我记得很清楚。"

"是的是的，是这样!"

"唔……应该是这样吧……"

青冢草太朗继续赞成道，听语气门胁梓似乎也转换了情绪。宛如盖棺定论一般，宇津木香也子弯着白皙的脖子点了点头。可即便如此，森江还是没法率然接受他们的说法。

"呃，可是……其实我刚才在自己房里一直半开着门，躺在床上盯着门口看来着，但并没有一个人经过。如果法官真的像你们大家说的那样，回到二楼自己房间里了，必然会路过我的房门。虽说有一会儿我可能有点迷迷糊糊的，但即使如此，我也肯定会注意到。"

森江春策尝试发出孤立的反对意见，然而让人意外的是，对于他这极其合理的意见，众人的反应却十分迟钝。

"就算你这么说……对吧?"

"是啊，毕竟是我们亲眼所见，有什么办法啊……"

"就别再追究了吧，毕竟每个人总有点个人情况嘛。"

这口气就好像是森江产生了严重的错觉或者说了谎似的。不过，堂堂芝昌平似乎并不想就这么马马虎虎地糊弄了事："哎，干脆去查查怎么样? 二楼……最里面那个屋，是吧? 去瞅瞅那个家伙在不在那儿!"

当然没有任何反对意见。只是众人的目的似乎已经从确认千千岩征威的所在和安全与否，转向了质问森江的证言是真是假。这还挺让人讨厌的。

3

"千千岩先生,在吗?"

"快起来!你这个大骗子!杀人犯!"

"发生什么了吗?没事吧?你还活着吗?老不死的。"

走廊的尽头处,人们立在最里面那间房的门前喊叫着,或粗鲁暴躁,或柔声媚气。

然而,始终没有任何回应。即使大家一个劲粗鲁地敲着,屋里依然没有任何声息。

他们抓住门把手,试着晃了晃,可门仍然纹丝不动,看样子是上了锁。

"这可咋办?"哪怕是堂堂芝昌平,面对要破门而入这样的事也心有犹豫。

"嗯,是啊……"应了这句后,森江便发现众人的目光不知为何都投向了自己。看起来,他们又擅自把在这种局面下该如何抉择的活儿丢给自己了。

"楼下前台那里应该有备用钥匙吧?"

对哦!于是,一群人一齐咚咚咚地跑下楼梯。然而,那个有点奇怪的前台所在的服务台处，无论是抽屉还是橱柜都锁得死死的，怎么拉都一动不动。

平心而论，出于安全上的考虑，这也是理所当然的。既然绝不可能破坏它们以便取出东西来，那么终究只能选择破坏房门进去这一招了，这时——

"要不到隔壁房间去瞅瞅，怎么样？我刚来这儿的时候去看了一下，这些窗户外面都有阳台，而且好像是和隔壁的阳台连在一起的哦！"

青冢草太朗一副突然想到的样子，不料堂堂芝昌平猛戳了一下他的肩膀："这是个好主意。真棒。毕竟我们说不准人在不在，也不可能把锁撬开，是吧。问题是，谁去？当然是住那个老头子隔壁的人……啊？那不就是我？"

他好像这时候才注意到这点似的，手指指着自己说。他极不乐意地皱起了眉头，接着便注意到了众人投向自己的目光。

"知道啦！我知道啦！这么分配房间，到底是谁想出来的啊？真是的，那个'悬梁法官'，就因为跟他隔了一堵墙，就给我惹上这么大的麻烦。"

他一边不住地抱怨着，一边从口袋里掏出钥匙，打开自己房间的门，莽莽撞撞地进了屋。

"喂，你们也别在走廊里傻站着啊，至少跟到窗户这儿来吧。要是窗户对面藏着个坏人咋办啊？"

森江等人听后，也走进了堂堂芝的房间。这里几乎和其他屋子的构造一般无二，除了旅行袋什么都没有。

堂堂芝径直走向最里面的窗——虽说是窗,却是直连地板的全开式落地窗。他打开落地窗,来到窗外延伸出去的阳台上。随着一声"嘿唷"的吼叫,他的身子已经从左边探了出去。

各个房间的阳台大体上是连在一起的,中间几乎没有缝隙。因此,似乎只要跨过隔断就能抵达隔壁房间,并没有多危险。然而,窗外毕竟涌动着如墨的夜色,建筑物本身又弥漫着腐朽的气息,加上此时又是如此非同寻常的状况,因此不可能不万分谨慎。不一会儿,有个声音传来:"灯都关了,看不太清楚。睡着了吗,还是压根不在……"

"能不能喊两声?再就是敲敲窗户什么的。"

森江话音方落,便听到前方传来一声:"啧,真没办法。"抱怨之后,紧接着便是敲窗户的咚咚声。再之后,便是夹杂着夜里风声的:

"喂!怎么啦,审判长大人?千千岩征威……听不懂吗?悬梁浑蛋!"堂堂芝在发出一阵自暴自弃式的狂吼后,突然探出脸来,"不成啊……一点反应都没有。窗户也从里头锁上了,晃都不晃一下。看样子,这里头果然一个人都没有……喂,叫你呢!"

"干……干吗?"突然被人用锐利的眼神瞪着,森江下意识地摆开了防御姿势。

"你说你没看到那个'悬梁法官'回房间,是吧?那,你看到他出去了没有?"

"当然没看到啊。"森江春策张口就答,然而不只是堂堂芝，包括其他几位在内，都不见一丝信任的感觉。

又过了一会儿，门胁梓开了口："嗯，说得也是吧。毕竟出了房间也没别的地方可去，只能沿着楼梯下来。可要真是这样，我们也不可能连个影儿都没看到吧。"

说着她竟像个男人似的古怪地抱起了膀子。宇津木香也子瞬间丢过去一个锐利如刀的眼色，紧接着便道："不管怎么说，看来我们不得不打开这扇门，检查一下里面了。我们都在外头这么喊了，里头却一点反应也没有，由此可见，即使他还在屋里，恐怕也发生了不测。倘或他不在屋子里，那就更让人放心不下……"

"我明白了，想办法撬开吧。如果这之后旅馆的管理人员要求索赔，我会负责解释的。"

森江无奈地说完这番话，便转头询问有没有铁丝之类的东西。很快，灵机一动的青冢便冲下楼梯，拿了一个可能是酒会上用的冰锥子回来。

"什么嘛，你打算用这玩意儿撬开门？难不成一旦当了律师，开门撬锁这方面也有点门道了？"堂堂芝昌平的语气半含着惊讶，半带着讽刺。

这时候门胁梓开了口："那，我这儿有这个……不知道能不能用呢？"

她掏出来的是一个小针线包，里头除了有针线，还整齐地放着小小的剪刀和镊子。

森江在学习犯罪调查手法的时候，也学过一些简单的开门撬锁技巧。他几乎没什么实际操作的经验，不过几分钟后锁就被打开了。

随着一声微弱的咔嚓声，开锁完成，不知谁"呼——"地长舒了一口气。接着，森江慢慢地推开房门，在他旁边，青冢草太朗用极其本分的声音朝屋里呼唤着："千千岩先生……您在里面吗？我们要进来打扰一下喽，请别突然大喊'有小偷'，好吗？那我们进来了哦。"

然而他的呼唤，立刻就变成了沮丧。

"哎？什么嘛，不在呀。"

的确，房间里面悄无声息，感觉不出一点人气，也没有一丝热气。就算千千岩法官是个冷血的人，总还是会有某种存在的气息吧。

就在这时，从森江背后传来啪嗒一声，紧接着是旧式荧光灯吱吱的声响，然后又闪了两三下，灯才亮了。

他回头一望，看样子是堂堂芝把房门旁的电灯按亮了。他的嘴唇猛地弯成"唉"字的形状，接着说道："什么嘛，果然不在呀！"

正如他所说的，这间客房和森江及刚才看到的堂堂芝的房间——无论是面积，还是构造，几乎是完全一样的。屋里除了家具什么都没有，也没什么看起来像行李的东西。

不过，千千岩和森江等人不同，他是被强行弄到这里来的，所以在这一点上，倒是没什么可疑的。在房门的正对面，通往阳台的窗户被从内侧锁上了，这一点也和刚才堂堂芝从外面查看得出的结论一致。

对森江来说，这没什么不可思议的。可是，对一直主张看到千千岩法官上了二楼的其他四位来说，这就仿佛他忽然凭空消失了。

这且不论。问题是，不在这儿的话，他又去了哪儿呢？现在好歹知道他没有因为突发疾病猝死在屋里，这也算得上一点值得庆幸的事，可事有特殊，尤其是考虑到"悬梁法官"的岁数，就这么随他去似乎也不合适。

"还是下楼去找找看吧？"

听到青冢这么说，堂堂芝毫不掩饰地皱起眉头："啊？没必要特地费那个劲吧？本来就没什么时间了，再说也没谁说看见过他下楼吧？"

说着他瞅了森江一眼，那个眼神表明，他对森江的那番证言始终没有相信过。

这时候，有人说了一番话。开口的是门胁梓："哎，这儿的屋顶能不能上去呀？还没去看过的，就是那里吧？而且如果从那里往四周看，会不会发现什么呢？"

"比这个房间更靠里一点的地方，好像有一个楼梯可以上去。"

"就是它！"

森江的这句话出口的同时，众人已大叫一声，一齐拥向了走廊的更深处。

4

"什么啊这是?！又不是哪个寺庙的佛像内巡礼，搞这么黑干吗?！"

刚往通向屋顶的楼梯上探出一只脚，堂堂芝昌平就开始表达不满了。事实上，那里伸手不见五指，所以连有没有楼梯都看不大清楚。

"哪里有个开关没……啊！是这个吧?"青冢草太朗的话音之后紧跟着咔嚓一声，然而，接下来却没有发生任何变化。

"停电了吗?"门胁梓开口说道。与此同时，宇津木香也子的手掌中绽开了刺眼的火苗。原来她打开了打火机。

"用这个怎么样?"

托火光的福，楼梯总算看得清楚了。堂堂芝从她手上接过打火机，故意弄出粗暴的脚步声往楼上走去。

森江则作为他们的殿军，跟在后头。

挡在前面的那堵门，他们一开始以为会被牢牢地锁上，没想到毫不费力就打开了，想必是既没锁也没闩。

而在其后，就是一个大概该叫作露台的阳台一样的空间。不过，因为夹在屋檐角和建筑边角中间，那里无论如何都说不上宽敞。

五个男女挤进这样一个地方，就算想悠闲地观赏风景也是不可能的。不过，好在这时包裹着旅馆的天幕和大海还是一片暗淡，而且已经不大看得到星星了，所以观景这方面也就没法构成问题了。

重要的是，在这个屋顶并没有发现千千岩法官的身影。而且，大家还有另外一个重大发现。

"啊！大家快看看这个！"堂堂芝昌平突然发出一声狂叫，同时用打火机照亮了观景台扶手的一角。

"这、这个是……"

"坏了吗……不对，难道是被弄坏的?"

正如众人所说，这个带着细长葫芦形装饰的扶手长达一米左右，中间有一段没了踪影。

这个地方面对着旅馆的背面，正下方是岩石滩，再往前应该就是大海了。

"喂，这块脏兮兮的布头应该就是……"

众人循着堂堂芝的声音看过去，只见屋顶有一块轻薄的围巾样的细长布料。森江不记得自己见过这东西，然而，其他三位显然有了某种反应。

"这该不会是……"

"该不会是什么?"

"总、总而言之，得先看一下才能确定……"

大家这般你一言我一语，可他们却像突然被胆小鬼附了身似的，一点行动的意思都没有。取而代之的是，他们慢慢将目光转到一个人身上。

"我？我吗？"森江春策用手指指着自己问。其他四位虽然振幅和节奏不同，却都在频频点头。

看起来，森江只能接受这个剧本了。况且刚才是年纪最大的堂堂芝舍身犯险，要是按年龄往下排，这安排也是合理的。

这可真是……森江一边在心里默默发着牢骚，一边走向坏掉的扶手。他从稍微靠里的地方用力探出身子，可惜还是看不大清楚下面的情形。

因为前车之鉴就在眼前，所以他便将手伸向扶手未损坏的部分，以便拉住身体。这么一来，就感觉获得了一点安全的保障。不过，万一背后有人对自己心怀杀意，只消对着自己的后背一推，就可以达到目的。

不，根本用不着谁从背后推这一下，此时森江的身体已完全探出，随时都可能一个倒栽葱坠落楼下。就是在这时，他的眼睛捕捉到了地面的什么东西。那是黎明前的微光对他的眼睛施加了瞬间可见的魔法吗？他视野中出现的那东西实在太怪异了。

森江腾地向后弹起，差点因为惯性摔了个屁股蹲儿，多亏堂堂芝和青冢接住了他。

"下面有个人躺着……看不清是不是千千岩法官……总之去看看吧！"

第五章

"悬梁法官"被割了头躺在地上

1

三分钟后,包括森江在内的月琴亭旅馆的众客人,已经团团立在"什么东西"周围了。

没有一个人开口说话。耳边听到的,唯有近前海崖下海浪的拍击声。

还有耳边如絮语一般微微的风声。不,其中或许还夹杂着强压住的悲鸣或哀叹。

然而,很快人们便仿佛无法再忍受这沉默了。

"这、这可……"青冢草太朗的话表现出了他从心底里感受到的震惊。

"这……难道是……"青冢开了个头后,门胁梓也边用微微颤抖的手指指着地面,一边用同样颤抖着的声音说道。

堂堂芝昌平则仿佛怒斥一般开口道:"千千岩那个浑蛋咋就这么……到底是发生了啥啊?"

"很明显的嘛。"宇津木香也子说道,在那张微微抽搐的脸上贴上一层冷笑。

"什么人把这位'悬梁法官'给杀了……就是这样。难道不是吗？"

听了这话，每个人都再次低头看了一眼横在脚边的尸体，以及那张如石榴般绽开的脸，然后马上别开视线。

即使只看没有受伤的部分，比如那双总是居高临下、现在却只剩下空洞眼神的傲慢眼睛，还有那张大张的嘴巴，也会觉得滑稽。嘴里头露出的黄牙歪了几颗，想必这是坠落时受到冲击的结果。

而那副难得还挂在脸上的玳瑁眼镜，已经凄惨地扭曲变形，镜片上也布满了蜘蛛网一样的裂纹。这副死态，简直就像是被人吐掉的口香糖渣。

是的。"悬梁法官"千千岩征威脑袋砸碎在地面，气绝身亡了。只是这副死法表面上虽与他的外号不符，实际上却是极其相称的。

千千岩法官的脖子上，缠着一条似乎浸过油的麻绳，正发出浑浊的光。而在绳子的另一头，拴着一样看似没必要的东西。

那东西看起来是某种家具或日用品的碎片，好像是从哪里硬扯下来的，边缘已经断裂。再看那没有损坏的部分，上头排列着细长的葫芦形格子，而这是在场的每一位都有印象的花纹。而且，就在刚才……

"喂，这玩意儿……不是屋顶上那个扶手吗？就是这么折断没影儿的，是吗？"

"这么一说，的确如此。"门胁梓一边说着，一边抬头看向刚刚才离开的屋顶。

"你们看,就在正上方。从这里也能看到扶手断裂的部分不见了,对吧?"

"这样的话,那到底是怎么回事啊?"青冢草太朗问道。听到这话,宇津木香也子意味深长地看向了森江。

"这个嘛……这位律师先生大概心里有数吧?"

森江从她的话里隐约感受到了一丝恶意,不过他还是假装没注意到这一点。

"这个嘛……法官脖子上缠的绳子系着扶手最上面的部分,而左右和下面的部分则因受力过大而折断。从这点来看,可以推断千千岩法官是在脖子上绑着绳子,或者被绑着绳子的状态下从观景台上跳下来的。因为受到重力和冲击力,扶手的一部分断裂并掉了下来。"

"跳下来?没说错吧?不是被扔下来的吗?"

青冢草太朗难得这么激动。这一点的确很重要,然而森江却静静地摇了摇头,道:"关于这一点,现在还说不准。更何况,这也不在我的业务范围内。"

"那是谁的业务哟……啊,对哟!"堂堂芝昌平一声大吼,仿佛突然反应过来似的补充道。

于是,宇津木香也子带着她那一如既往的微笑开口道:"是啊,这下轮到警察出场了呢!不过比起这件事,是不是更应该讨论一下快到退潮时间的事了呢?不管咱们是要打电话叫他们来,还是过去找他们。从白天的情况来看,这里和陆地连接的时间可不会太久哦。"

"对啊!"

伴随着异口同声的喊叫,堂堂芝等人一齐跑了起来。众人身后,只剩森江一人留在法官的尸体边。他一无所知地看着脚边问道:"那个,各位……这到底是怎么回事?"

然而,回应他的只有沉默。

"等、等一下啊!"猛然发出的喊声,却被陆续响起的引擎声完全掩盖。大吃一惊的森江往旅馆外头看过去,只见车头灯的刺眼光芒晃了过去。

印象里,除了森江,堂堂芝开的是自己的车,青冢是骑自行车来的,门胁梓是坐出租车,宇津木香也子则是徒步过来的。他们大概只能一人载一位吧。

这么说来,森江也不能再磨蹭了。话虽如此,他也不能让尸体就这么放着。

只能这么一个人彻夜等待警察的到来了吗?

正当森江开始在心里做如此的心理准备时,一度静谧无声的旅馆周围,瞬间恢复了喧闹。最开始是车头灯光,接着是引擎声加刹车声,最后是某种牢骚声——就是这个顺序。

嗯?怎么了?

森江眨了眨眼睛。方才还弃杀人现场而去的四位,竟然掉头原路返回了。

堂堂芝的车上坐着宇津木香也子和门胁梓。每个人看上去都极其不爽,尤其是在一阵车门的爆响中走下车来的堂堂芝,一张脸臭得宛如兽头瓦一般。

"怎么回事啊?!这不跟当初一样没有路吗?水位的确下

降了,可桥仍在海面之下很深的地方,这样根本没法开车通过啊!我可差点连人带车钻到夜海里去了。这到底是怎么一回事啊?!"

他吼出最后一句,转过了头,于是跟在后头下了自行车的青冢,直接被喷了一脸口水。

"这、这你问我也没用啊……按照旅馆里的潮汐表,现在的确正当退潮时啊……"

"那是谁胡编乱造的啊?"

在仍然一脸愤怒无处排解的堂堂芝身后,门胁梓开口说道:"也不是胡编乱造吧?只是虽然退了潮,水位还是没昨天下午低吧?我们过来时的潮位,记得应该是三十三厘米,而现在则是……"

"是九十七厘米。六十四厘米的高度差还是挺大的,足够让人犹豫一阵了呢。"宇津木香也子静静地说道,门胁梓也点了点头。

之后,堂堂芝昌平的焦躁终于爆发了:"那……可是这样的话,究竟该怎么办啊?!"

"可是你问我也没用啊……"再次遭到堂堂芝不讲理的呵斥,青冢怯弱地表达着反抗。他又看了一圈众人的表情,道,"要是愿意冒一点风险,倒也不是不能走过去……怎么办?"

"一点风险……我可不接受,要是把车丢在这儿,就算出去也没有任何意义啊!当然步行和叫车过来的人另当别论。"堂堂芝立即回答道。

听了这番可谓失礼的发言后，宇津木香也子那张夜里看上去依然泛白的脸上浮现出笑容。她说道："我也不是很乐意呢。这可是我为数不多中意的鞋子和衣服，要是被海水泡坏了，我可不愿意。而且，那种水中小路，什么都看不到，要是一脚踩空了，会掉下去吧。"

"那……我们大伙该怎么办呀？"门胁梓不失时机地插嘴道。

"这个嘛……"森江从一旁刚一开口，四个人便猛地扭头看向他。

"怎么你还在那儿啊？"

面对堂堂芝充满怀疑的目光，森江先是点头说"是"，接着道："事已至此，只能联系警察了吧。至于把车弄出去的事……也只能等到下次水位更低的时候了。当然前提是他们允许我们这么做。"

森江的一席话瞬间让众人僵在原地。

"警、警察？对啊，没错……"仿如被迫想起不愿意直面的事情一般，堂堂芝昌平颓然垂下了头。

而后，宇津木香也子脸上带着比方才更浓的笑意说道："哎呀，有什么问题吗？到了这个地步，不管是退潮还是涨潮，他们应该都会来了吧。而且交通费也好，引擎被海水浸泡产生的修理费也罢，他们都会自理了。毕竟……可是出了死人的状况呀。"

"当然，我也并不想看到这种局面……我打过去看看吧。"门胁梓一边说着，一边掏出了手机，以麻利的手速在屏幕上点了点。你甚至无法判断那是不是由"1"和"0"组成的三位数号码。

"哎，要是这样，干脆大家一起回刚才那个地方等警察吧？况且再过一会儿应该就日出了，那里的景色肯定很美吧。"

然而，宇津木香也子的提议并没有被众人接受。

最终，包括她在内的五个人拖拖拉拉地回了旅馆小楼。

"喊，要是能赶紧跟这个岛拜拜就好了。跟那个混账'悬梁法官'住一个屋檐底下已经够闹心的了，偏偏他还死成了那副德行！"

回去的路上，堂堂芝昌平旁若无人地吼了几声，每个人都默默点头，就连森江春策也不例外。

然而，森江还是感觉到了某种东西。

自从他们发现了尸体，同为反"悬梁法官"同盟的五人之间，不知从何时起，刮起了微妙的嫌隙之风。而且，尤以森江和其他四人间的罅隙最大，最冰冷……

2

三十分钟后,平底锅岛对岸就集结了许多车头灯和红色旋转灯。紧接着,一阵爆破音破坏了黎明前的寂静,白色的波涛间,一艘船破浪而来。

那船直接在靠近被水淹没的路桥边停好。接着,在奔出来迎接的森江等人面前,一群身着制服、身高体壮的警官下船立定。

他们身后,一个身着便装的人徐徐地向小岛迈出了第一步。此人看起来年纪半老,似乎是个顽固却和蔼可亲的人。

一看到此人的脸,森江春策便不假思索地大喊一声:"狮子堂先生!这不是狮子堂先生吗?好久不见啊!"

听了这话,那半老的刑警好像吓了一跳,双目大睁,待确认是森江后,才又展颜一笑。然而,很快他就又恢复了严肃的表情,开始麻利地指挥起孩子一般的警官们来。

面对这场面,他不愧是驾轻就熟。可是这之后,当森江问及"哎?这片是属于警视厅的管辖范围吗?还是说您调职到地方了……难不成是为了指导新人"时,他却总是"咳咳"个不停,还把食指竖在嘴唇中间,发出高高的"嘘"声。森江刚想问怎么了,却见明明不擅长挤眉弄眼的他胡乱给森江使了个眼色,好像在说:尽量不要跟我搭话。

唔……好生分啊,还是该说不愧是他呢?森江春策不由得在心中一边苦笑,一边嘀咕了几句。

狮子堂勘一警部补[①]任职于警视厅管辖内的主要警察署,并且在搜查行干了很久。两人是因为某个乡间田舍里的案子认识的。准确地说,源头可以追溯到名侦探雷金纳德·奈杰尔索普[②]的演讲会上发生的离奇事件,不过那时候对方只是在打发跟退休一般无聊的时间而已。

然而,由于和森江等人的相遇,他又使了一把荒废已久的老刑警手腕,并且以此为契机,重新回到了搜查一线。虽说这里是个不如以前的职场光鲜耀眼的偏僻角落,不料却成就了两人今日的再会。

可他怎么是这副冷淡态度……难道是因为有老朋友,尤其是像森江这样的"侦探"型人在,他会感觉不好做事?不,恐怕是因为担心其他相关人员会觉得自己和森江暗中有什么勾结吧。这个人还真是死心眼啊!

尸检的时候,面对不习惯他杀案件的年轻后辈们,这位狮子堂警部补不停做出简短却准确的指示,俨然一位优秀教师。然而,当他把手探到"悬梁法官"上衣口袋时,脸色却

[①] 警部补,日本警阶,位居警部之下,巡查部长之上,负责担任警察实务与现场监督的工作。
[②] 雷金纳德·奈杰尔索普,作者的另一部小说中登场的人物。

猛地一变。

森江本想看一眼，却被其他警官挡住了视线，只看到狮子堂警部补的白手套里拿着什么，然后将之放入自己的口袋里。接着，他忽然用手托住下巴，仿佛自言自语一般说道："嗯……得找个地方对住在这岛上的人问个话，哪儿有合适的地方没呢？"

森江没放过这个机会，马上回答道："那样的话，月琴亭旅馆的休息室正合适啊。"

森江提议后，狮子堂警部补好像不知不觉间受了影响似的，连连点头道："啊，这样啊，森江……啊不，咳咳！"

他故意发出一阵咳嗽，好像要把这事赶紧糊弄过去似的。然后他带着几分尴尬，转头对警官们命令道："把相关人员带到这个岛的旅馆休息室还是什么地方去。什么？大家都想回陆地上去？甭管他们，都给我带过去！"

与此同时，他一面特别小心地不和森江视线重合，一面自言自语着"走了走了"，迈开了脚步。这副样子，在森江看来实在是怪得不能再怪了。

"那么，各位。"

狮子堂勘一警部补开始对着聚集在月琴亭旅馆休息室的森江等五人训起话来。在此之前，他已经麻利地对众人做了询问。

此时外面天光已经大明，然而休息室里还是昨晚那般杯盘狼藉。

"你们之前完全不认识彼此，只是被珍稀的唱片，或者少见的植物诱骗到这儿来，见到了被囚禁的千千岩征威法官。这时候你们才发现，原来彼此都跟千千岩先生之间有些因缘。是这么回事吗？"

"唔，差不多是这样吧。"

"是的……吧？"

"跟你说的意思差不多吧……"

"我同意哦。"

大家的回答各不相同，意思却是一样的。森江当然也没有异议，只是不知为何不想加入这个圈子，态度淡淡的。

不知道是不是因为察觉到了这一点，狮子堂警部补微微皱起了眉头道："看来你们还没明白是怎么回事。这个月琴亭作为旅馆早就已经关门大吉了，现在似乎是某个管理公司在负责维护，顺便会出借别人办活动或者作集训用。这回的'活动'好像也是这类的。总之，首先得先把活动策划者给揪出来。"

"能这么顺利吗？"堂堂芝昌平小声嘀咕了一句。

狮子堂警部补面不改色，目光炯炯，倒是一旁的青冢草太朗慌得不行，而堂堂芝本人却毫不在乎。

"然后，"狮子堂警部补继续说道，"又发生了很多事。接着因为涨潮，大伙被困在了岛上，于是所有人就聚在这个休息室里，从天刚擦黑一直喝到第二天凌晨，是吧？"狮子堂警部补面无表情地问道。

堂堂芝轻轻地耸了耸肩，说："毕竟有的是酒和吃的，还有时间。不过，那边那位律师先生好像不怎么瞧得上，半途就跑了。"

话音刚落,他便向森江的方向丢过来一个锐利的眼神。见此情形,森江故作轻松道:"只是不胜酒力罢了。我早早地上二楼去了,那时候大概是十一点吧。我正好跟我们事务所的员工通了个电话,查一下通话记录就清楚了。"

然而,回应他的只有尴尬的沉默。

狮子堂警部补横了他们一眼,点了点头:"原来如此。"接着便把视线落在他心爱的旧笔记本上,说:"那么,曾经跑到旅馆外头的千千岩法官,那之后——哎,关于把千千岩先生和你们叫到这儿来的那个家伙,你们心里有点数没有?"

"那谁知道啊。这点大伙都一样……对吧?"堂堂芝用极其意外的语气回答道,只是到了最后略有点不自信,回头看了看其他客人。

于是众人也回答道:

"嗯……当然了。"

"我们还想知道是谁呢。"

"我也完全赞成。"

依然是毫无新意的回答。狮子堂警部补转身正对着森江春策道:"你呢,森江先生?"

这语气听起来,两人即便互相认识,也绝没有半点深交的意思。

"我也……差不多。"森江心领神会,努力不表现出亲近感,如此答道,"总之就是,到了这里后,发现跟其他人怎么都说不到一块，正觉得奇怪，就跟千千岩法官发生了形式怪异的重逢，又赶上了涨潮，就没法从岛上离开了。不过，要是愿意冒着车子被海水泡坏，甚至半路上沉到水里的风险，倒也不是不能离开。策划者还真是能抓住人的这种心理啊！"

森江说着，不由自主地暴露出了本性，身上忽地一凛。

"这么一说……"这时，有人突然开了口。说话的是宇津木香也子。然而从她的语调来看，似乎并不是在对狮子堂警部补说，也不像是说给森江等人听的。

"在这儿做前台的那个，到底是什么人呢？要是问问那个人，说不定就什么都明白了。"

"唔，这可不好说呢。"小梓歪着头说道，"虽然看起来好像知道什么似的，实际上却什么都不知道呢，那个前台。"

"前台？"狮子堂警部补惊讶地眨着眼睛，森江便解释了前因后果。于是狮子堂接着说道："原来如此，总之就是说，旅馆方面的人只有这一个。可这家伙却在告诉客人这次招待的特殊性之前，就把你们丢下，自己一个人早早地离开了这个岛。那大概是什么时候的事？"

"这个嘛，毕竟是在没人注意到的时候跑的嘛。不过最晚也不会超过下午四点多吧。当时潮退得还挺厉害的，我想应该还可以勉强通过路桥离开。"青冢草太朗仿佛在记忆中搜寻什么一般，眼镜后面的眼睛眯成了一条线。

"毕竟那之后就涨潮了嘛。"狮子堂警部补点了点头。他打开旧笔记本，用一小截铅笔头在上面写着什么。"下一次退潮是什么时候？"

"是第二天早上四点二十八分。"青冢继续答道。

"那，你们为什么不在那个时候离开呢？"狮子堂警部补问道。

"那是因为那时候潮位退得还不够低，过不了桥啊！再说，也不能把尸体扔在这儿不管就走吧？虽然我们的确非常想这么干呢！"堂堂芝昌平毫不畏惧地冲着狮子堂警部补一通发泄。

"嗯哼，关于今天凌晨的涨潮、退潮，以及相应的时间，过会儿我们再来调查吧。这个另说。森江先生。"

"嗯？"看到狮子堂警部补相当难看的脸色，森江困惑地回答道。

"能过来一下吗？啊，别多想，每个人都要单独问话，从你开始。"

*

"也就是说，都是瞎说的。事实上，这事有点棘手了。"移步到旅馆里某个貌似谈业务用的房间后，狮子堂警部补如此说道。嗯？森江春策不假思索地回头一看，却见对方一脸吃了满嘴黄连似的表情。"虽然不太好开口，可是森江啊，你可是嫌疑最大的人啊。"

"嫌疑？我吗？"森江春策手指着自己的鼻子说道，"这到底是怎么回事？"

"怎么回事？这可是我想问的问题啊。"狮子堂警部补脸上的表情，说不清是困惑还是什么，"听好，要是我采信那帮家伙，也就是除你以外四位客人的证词的话，那千千岩征威法官就曾经独自一人跑出旅馆，然后又偷偷摸摸地跑了回来。据说，当时在休息室里一边一杯接一杯狂饮，一边瞎扯的四人组，确实看见了他。而且，他们认为那之后千千岩法官就回到了他自己的房间，不过关于这一点，倒是还没有证据。"

"是这样吗……可是我没看到他啊。"

森江说完，狮子堂警部补脸上的表情更难看了。

"唔……可是，根据其他四位的证词，毫无疑问是这样的。这之后，法官把自己房间的门窗锁好，在这种状态下，上了二楼走廊尽头的楼梯。再之后，就被某人用绳子缠住了脖子，一头系在屋顶观景台的扶手上。然后，法官就被前面说的那个人扔出了扶手外侧。不过，还不知道那家伙为什么要这么做……"

"这个，"森江插嘴道，"怕不是跟千千岩的外号有关吧，是因为他叫'悬梁法官'吗？"

"这样啊。"狮子堂警部补露出一脸厌恶，"所以那人就打算用绞刑的形式，把他挂在旅馆外墙上，结果却没成功……"

"对……因为他本人太重了吧，也可能扶手的腐朽程度超出了凶手的想象，总之绳子嘎嘣一声断了，他直接掉落到了正下方的岩石滩上。"

"嗯,按照现场鉴定的结果,差不多也就是这样。"狮子堂警部补语调生硬地说道。

森江趁机追问道:"法官的死因是什么?是因为跌落的时候头部撞击到岩石滩,还是被缠绕在脖子上的绳子勒死的?还是说……"

"等等,你先别抢着问啊。嗯,凭你跟我的关系,我也不可能不告诉你嘛……死因主要还是头部受撞击导致的休克。虽说脖子周围也有麻绳导致的擦伤痕迹,说明的确曾经有力量施加在那里,但那似乎并不是直接死因。"

"这是您的意见吗?"森江春策问道。

于是,狮子堂警部补用力点了点头。"嗯,当然。虽说不送尸体回去解剖,没办法断定具体情况,但鉴识人员的意见也差不多,最重要的是,从我多年的经验来看,不会有错。"

"如果狮子堂先生这么说的话,那就是这样了。"

森江说完,狮子堂警部补掩饰住心头的喜色,揉了揉鼻子下面,接着却道:"这个嘛……喂,现在可不是说闲话的时候。你明白吗?被害人千千岩法官,可是在八只眼睛的注视之下独自上了二楼,然后被人从屋顶上丢了下来的。而且,在这期间,在二楼的可只有你森江一个人。若是这样,你想想会变成怎样?"

"啊……竟然变成了这样。"

森江春策当真瞪大了双眼。狮子堂警部补一脸苦笑地看着他，仿佛在说：你还真是个不慌不忙的家伙啊。

"话说回来，狮子堂先生，您怎么在这儿啊？"

"调职啦，让干个代理刑事科长之类的活儿。嘻，就是带带新人，偏不巧碰上这么个事……"

3

森江听完狮子堂警部补的一通抱怨,再次回到休息室后,其他客人的眼神显然比之前更凶险了。狮子堂警部补的小心,看来并没有什么作用。

大家此前便流露出的猜忌,似乎表现得更露骨了。不过,这也是拜疲劳和焦躁所赐吧。

大概是因为几乎熬了一整个通宵,紧接着又精神高度紧张,每个人的情绪都很低落,看上去没精打采的,却又陷入很容易就发火的精神状态。不过,他们并没有直接把森江当凶手处理。森江怕是还要多谢他们的克制。

"那个,各位。"森江春策琢磨了半天该怎么开口才好,最后还是选择了开门见山,"据说你们在休息室里大吃大喝的时候,看到了千千岩法官从外头回来,并且上了通向二楼的楼梯。确定没错吗?"

"当然啊,想让我说几次啊!"堂堂芝昌平马上回答了他。

森江于是郑重其事地说道:"如果方便,我想现在请大家再说一次证词，同时互相比对……"

"有这必要吗，刑警先生？"堂堂芝不满地说道，同时看向堂堂芝警部补。见对方点了点头，他便丢出了一句："行吧，真是。"接着道："当时差不多半夜零点刚过一会儿，我的确看到那个家伙上了楼梯。那之后我们还互相捅了捅，说了点'那家伙竟然回来了'之类的，所以肯定没错。而且，对了，咱们在屋顶发现的那块布头，我还记得一清二楚，当时他脖子上就围着那玩意儿。那家伙应该是为了挡晚风之类的才围在脖子上的。"

对于这番坚定的发言，其他三位也齐齐点头。

原来如此，那个围巾似的东西，是千千岩法官的啊……森江正这么想着，青冢草太朗却半带同情似的开了口："当时的情况，我也记得很清楚。那个'悬梁法官'从外头回来，上了楼梯……"

他正想继续说下去，森江却不失时机地抢过话头："从外头回来？青冢先生，还有各位，你们一直都在休息室，是吗？还是说，有谁曾经离开过？"

"啊，不，这个……"青冢不由自主地结巴起来，于是一旁的门胁梓伸出了援手。

"是这样的，当时没人离开过。当然，洗手间肯定有人去过，也有人去补过酒，但除此以外，全员一直在一起，尤其是在那家伙回来前后，没有一个人起身离席过哦。"

"啊不，所以说……"森江继续追问道，"如果是这样，肯定没有人能看到千千岩法官从户外进入这个旅馆了，没错吧？既然如此，为什么你们却说他从外面回来了？"

"那照你的意思，是说那个'悬梁法官'不知道啥时候回到了旅馆喽？然后藏在厕所或是哪里，跟我们不打照面，最后再偷偷摸摸地回到二楼自己的房间里，类似这样？虽说我觉得他不是那种小心谨慎的家伙，可就算是这样，那又有啥不同吗？"堂堂芝昌平带着一脸早就不耐烦的表情说道。

"没啥没啥。"森江轻巧地躲开锋芒，继续道，"刚才我就有点想问，大家是怎么发现当时看到的人是千千岩法官的呢？是看到脸了吗？我刚才自己去试了一下，上那个楼梯的时候，从楼下能看到身影的时间段并不长，尤其是脑袋，很快就会藏到死角里面。我就想，在这种状态下，亏得各位还能清楚地看到脸啊……"

"那种情况，我们也知道瞅不见脸啊。可是那身衣服、那个步态，还有一瞬间瞅见的稀疏白发，除了他还能有谁？"堂堂芝昌平愤然回答道，其余三人也连连点头。

"是、是啊。我也觉得那个人不可能是千千岩法官以外的人。"

"是呀，还能是谁啊？"

"是呢。"宇津木香也子跟在青家和门胁二人之后回答道。

"事实上，是谁呢……不过，森江先生想说的该不会并非此事吧？"带着拉响弦乐器一般的笑声，宇津木香也子插话道，"难道想说……那时上楼梯的人，并不是千千岩法官，而是某个伪装成其样子的替身，而我们错认成了他本人？"

惊闻此话，堂堂芝三人的脸上闪过一片惊讶。

"这、这是怎么回事？要是那个人不是悬梁浑球，而是另有其人，那他是什么时候回到二楼的啊？要是说他没回二楼，却被人从那个观景台上扔了下去，这种事可能吗？"

"是啊，当然会有这样的疑问了。"森江春策仿佛要安抚暴怒的堂堂芝一般说道，"如果当时大家看到的人不是千千岩法官，那么他就没有机会上二楼。也就是说，千千岩法官并没有上观景台，因此也就没有脸朝下摔在地上。也就是说，答案只有一个。"森江深深地吸了一口气，"他不是摔死的。那个坏掉的扶手、尸体上残留的撞击伤痕，以及那块掉在地上像围巾一样的布料，全部都是伪装。事实上，他是在那个现场被某人袭击，头部被猛烈撞击在岩石滩上致死的。"

"竟、竟然……"

"那，到底……"

在一众惊叫般的声音中，森江转向狮子堂警部补。"怎么样，狮子堂先生？千千岩法官的死因是跌落致死，这一点是确定无疑的吗？还是说，无法否定其他可能性？"

突然被点名，狮子堂警部补不自然地咳嗽了两声，才说道："这个嘛……毕竟目前还没做解剖，所以没法断定。嗯，当然喽，这种可能性也不能忽视。"

不愧是顽固的老刑警，发言如此慎重。

这时，门胁梓用刻薄的语调丢出了质疑："真是个大胆的想法哦！那么，你觉得那家伙不是从屋顶上跌落而死，有什么根据吗？啊，'因为自己不是凶手'这点除外哟！"

森江立即答道："因为尖叫。"

"尖叫?"几声鹦鹉学舌般的回应后,终于有人发出了"啊"的一声。

森江点了点头,说:"没错……跟你们想的一样,如果千千岩法官是被人从旅馆的屋顶推下去的,发出一两声尖叫也不奇怪。而且,这声音一定会传到当时在休息室的诸位耳朵里。至少,凶手不能不预想到这种风险。然而……就是这样。"

"这种事,只要事先准备点碎布头,塞到那家伙嘴里不就行了吗?这不是很简单吗?"堂堂芝昌平如此反驳道。

然而,狮子堂警部补却替森江摇了摇头,道:"不行……不好意思,从千千岩法官的嘴里,别说碎布头了,连线头都没发现一根。这种手段,在现场马上就会被发现。因为他的一部分牙齿受到了严重的损伤,光把碎布头拉出来就挺费劲的,要是沾上了血,善后也很麻烦啊——尽管周围就是大海。"

听了这一席话,堂堂芝仿佛期待落空了一般拉下脸来。这时,有人微微举起手来,说道:"那个,我还有一个不太明白的问题。"

是青冢草太朗。

"就是说,我们几个所看到的,并且笃定以为是千千岩法官的人影,到底是谁啊?"

对于这个疑问,无论是谁,包括狮子堂警部补在内,都肯定地点起了头。

"这个答案也很简单,那个人影——谁都不是。"

瞬间，所有人都呆住了，瞪着森江的脸。森江又看了一圈众人的脸，说道："各位的疑问是理所当然的。话虽这么说，但我也还没有确切的证明，所以希望大家能稍微配合我一下。没事，也不用去很远的地方，就是那个楼梯。我要在那里做一点现场查证。"

"现场查证？"门胁梓重复了一遍。

堂堂芝昌平则咆哮一般吼道："到底要调查啥呀，要跑到那儿去？"

"既不是千千岩法官，也不是任何其他人，而可能是'某个东西'爬上那个楼梯。不是'某个人'，而是'某个东西'哦。"

1

 三分钟后,在上二楼的楼梯口处,森江春策再次向堂堂芝等人招呼道:"各位,我自来到这个月琴亭旅馆,并被分配了二楼的房间后,就一直感觉哪里不太对劲。那就是,明明整幢建筑都非常古旧,一部分甚至已经老朽了,但只有这个楼梯——准确地说——是这个楼梯的扶手部分,不仅是全新的,还很牢固。也就是说,当然就有相应的理由认为,只有这个扶手是后来改造的,比方说,为了装升降机。"

 "升降机?"

 最先发出比任何人都更近似狂叫的喊声的,是狮子堂警部补。他慌忙闭上嘴,接着又转向森江,道:"所谓升降机,是电梯,还是常在滑雪场之类的地方用的那种?"

 "呃……是个有点像这两者按比例混合在一起的东西。对了,常常能在过去的西洋画里看到,最近好像也引入日本了,就是给年纪大或者身体不方便的人用的楼梯升降机。大多数情况下,是供人坐的折叠式椅子。如果有扶手,就会在那里装设导轨,靠它上楼……"

"哦哦，那东西啊，我做照护工作的时候也用过呢！"门胁梓说着，暴露了自己令人意想不到的工作经历。

"啊，原来是这样……然后呢？那究竟是个什么东西？你是想说它起了什么作用吗？"

森江春策重重地点了点头，说："当然起了作用，而且是大作用。打个比方说，要是这里有把带发动机的升降椅，或者一个台子一样的东西，在上面放一个人偶什么的，让它穿上跟某个特定人物一样的衣服，再给它戴个假发，如何？而且，让它神不知鬼不觉地启动，升上二楼的话……"

"那……那……你是想说，"堂堂芝昌平用仿佛喉咙被卡住的声音说道，"我们大伙当时看到的，就是那个纸糊道具一般的替代品，也就是说替身人偶？太蠢了，不管怎么说，这也太蠢了……"

"不……等会儿，这就很有意思了。"青冢草太朗仿佛忽然变了个人似的，眼镜背后的眸子闪闪发亮，"那接下来又是什么情况呢？我们大家以为是千千岩法官的那个纸糊道具，到了二楼之后又去了哪儿？"

"这个嘛……"森江话语一停，但为了不让别人看出他正在拼命思索事情的后续，他便孤注一掷地说道，"比方说，上这个二楼之后的正前方，大家还记得吗？那里立着一个画着美人弹奏月琴的屏风。"

"啊，哦哦，记是记得。"堂堂芝昌平狠狠地瞪着森江，好像在说：可别想糊弄我哦。

"那有什么问题吗？"门胁梓问道，"你难道想说……"

森江立即抢在自己被围攻之前，把话头接了过去："总觉得哪里不太对劲，像那样在楼梯跟前立个屏风什么的。那样肯定会妨碍扶着扶手上来的人。然而，要是说那个东西是为了挡住做千千岩法官替身所使用的衣服、假发等物品的，又如何呢？如果在屏风背后，在它和墙壁或者导轨之间的空隙里，事先准备好一个装置，用来钩住、接收升到二楼的纸糊道具，并且把它准确地放到箱子里……哦，即使我们现在过去，我想肯定也什么都没有了。毕竟凶手有的是机会处理后事。"

"凶手？"

"凶手……"四位男女异口同声地嘀咕起来，面面相觑着。

"也就是说，你认为凶手在我们当中……"堂堂芝昌平说到这里，脸上忽而泛起红潮，"喂，你是在怀疑我？你觉得有可能是我杀了那家伙？"

芝芝堂一声怒吼，上前扭住森江。不，是正想上前扭住，却被狮子堂警部补制止了。

"别这样！哪有谁这么说了？森江先生，你也真是的。就算说你有嫌疑……还是你想说，你已经有明确目标了？"

"不，完全没有。"森江回答得干干脆脆。

"噫，噫……"

"你到底想干啥？"

不只是狮子堂警部补，堂堂芝等人也是一脸惊讶。在众人的注视下，森江答道："我想说的并非谁是凶手。我想说的是，谁都不可能是凶手。不只是我，还有诸位。"

一瞬间，聚在现场的所有人都突然静止不动了。森江继续道："为什么呢？因为就算千千岩法官在二楼自己的房间里，身在休息室的各位，也没有一个可以上二楼去杀了他；就算使了刚才说的那种障眼法，也没办法把它装在升降机上并施行。当然了，确实可以用遥控器或者定时开关来偷偷运作。可即使如此，也没人可以跑到旅馆外面去杀死千千岩法官。"

听完这番话，气氛似乎逐渐轻松起来。接着，仿佛要打破这气氛一般，堂堂芝昌平粗着嗓子吼道："不对，即使如此，你应该还是能下手的，森江先生，就是说你。如果千千岩那家伙只是单纯被人从那个地方扔下去的，除你以外，就不可能有别的凶手了啊！"

然而，旋即他又猛地一退缩，也许是意识到自己因为情绪过激说得过头了吧。这时，狮子堂警部补仿佛忽然想到了什么似的，把手伸进了自己的口袋里。"嗯，说起来，我们从被害人的衣服中找到了这个……"

掏出来的原来是个用纯棉手帕包着的东西。至于里面是什么……

"鸡……蛋？"

"鸡蛋……"

惊讶的声音响起，狮子堂警部补点了点头："没错，是鸡蛋。而且，看起来是个煮鸡蛋。"

语调极其认真，却让大家越发困惑。这时，青冢草太朗大叫起来："啊！说起来，当时……还记得吧？"

以此为开端，门胁梓和堂堂芝昌平也依次心领神会地开了口："那个'悬梁法官'从这儿出去的时候，抓了吃的东西走，是吧。"

"哦哦，我记得哟！我还想呢，真是那家伙才干得出来的小气事呢……就是那时候的东西啊！"

"不过，这又有什么……喂，该不会是？"

"就是这么回事，堂堂芝先生。"狮子堂警部补点了点头，"要是口袋里揣着这种东西，从这个旅馆的房顶掉下来，这东西恐怕不可能没事。而这个鸡蛋的表面，如各位所见，毫无损伤。"

"也就是说，果然还是……不对不对，这怎么可能？"堂堂芝说到这里，用力地摇了摇头。

"等等！"这时，门胁梓突然厉声阻止，她手指戳着额头说道，"森江先生，我记得你有一会儿是和千千岩两人单独在一起的。对了，就是我们把尸体丢在一边打算逃出这个岛，但是因为退潮的程度不够又返回来的时候，当时你来得特别晚……还记得吗？"

"哦，说起来，是有这么回事。所以呢？"森江回答道。

那时候他一个人被留在尸体旁边，正想着要不要下决心守到天明。

"如果说，你趁那会儿往死者的口袋里偷偷塞了一个之前没有的鸡蛋呢？为的就是把实际上从屋顶坠落而死的事实，伪装成看起来并非如此的样子。"

门胁梓说完后,青冢草太朗也用拳头砰地砸了一下手掌心:"对哦……这样一来,刚才那个关于尖叫的问题也就解决了。就像堂堂芝先生说的那样,千千岩法官的嘴里还是塞着碎布头的,只是他趁四周没人的时候拿出来了……哎呀呀,我说的只是个可能性的问题啦。"得意扬扬地发言之后,即使他匆忙否定,也已经来不及了。

"有这回事吗,森江先生?"狮子堂警部补吃惊地看着森江,然而后者一字不答,只是呆呆地盯着狮子堂警部补手中的煮鸡蛋。

"要说可能性的问题,那也是零可能性哦。至少就鸡蛋的问题是这样。"这时,宇津木香也子一边轻轻地把两只手腕叠在一起,一边说道。

零可能性?听到反问的声音,她一边回以微笑,一边回答:"各位请再回想一下。当时千千岩因为受不了我的话,把面包和鸡蛋塞到口袋里跑了出去,在那之前,森江先生大概不太舒服,刚好起身去上厕所了。"

"啊,这么一说……"

"要说也确实有这么回事……是吧?"

"对吧。"香也子点了点头,"也就是说,森江先生并不知道千千岩偷了鸡蛋放在口袋里。因此他没法想到用什么手段,来把坠落致死的事实伪装成别的情况。虽说他也可能发现了口袋里已经碎了的鸡蛋,然后用完好的鸡蛋替换,可这样的话,首先就不可能没有碎鸡蛋的痕迹。还是说,你发现了这种痕迹,刑警先生?"

"啊，没有，没这回事。"狮子堂警部补答道，稍稍被她的气势所压倒。

"唉，这不行！森江先生，鸡蛋那事你是清白的！"因为堂堂芝昌平突然开口，众人无不被吓了一大跳。堂堂芝一脸难为情地继续道："当时那家伙拿的煮鸡蛋，是最后一个。因为我本来想吃，结果没了，所以特别生气。也就是说，过后不可能再换新鸡蛋了。当然，要是为了这个目的重新煮个鸡蛋，这就另当别论了。可不管怎么说，我也不能因为这种想法定你有罪啊。"

"哦……那还真是非常感谢啊……"

这个想要顺势握手道歉的家伙，差点一把将他的手捏碎，森江不由得翻了个白眼。

"那么，凶手究竟是谁？"

听到如此和颜悦色的问话，森江春策一时间哑口无言。考虑再三后，他答道："唉，这个嘛……至少不是在场的任何一个人。"

他也完全理解，这个回答会让大家既感到满意却又不够满意。

在这种微妙的气氛中，一位警官小跑着过来，向狮子堂警部补报告："打扰了，代理科长。昨天在这个旅馆担任前台的人似乎在对岸露面了，要用船带过来吗？"

"当然啊。"狮子堂警部补点了点头，接着环视了一圈堂堂芝等人，"总之，大家都先回房间吧，再不去睡会儿可不行了啊。"

2

"是啊……所以呀,就像我刚才一直说的,我只是按照要求行动而已呀。对的,我就是在招聘求职的网站上报了个名,就找到了这个仅限一天,还挺不错的活儿。说什么要在一个叫月琴亭旅馆的地方办一个惊喜活动,问是否愿意在那里扮演前台,也就是类似于主持人的工作。大概就是这种委托。

"我对于接客服务、张罗活动这类工作还是有经验的,所以就想这活儿我应该能行。只要把请好的客人迎进来,再把房间钥匙给他们就好了。再就是,到事先停在旅馆的轻型四轮面包车那边去,从里头的保温箱里把吃的东西拿出来送到休息室。还有,虽然另有餐厅,但不要进去。再说了,那儿好像锁住了,也进不去——要说感到哪儿有点不对劲,也就是这一点了吧。

"是的,然后我就把吃食送到了这个休息室,还认真地安置妥当,也并不是多麻烦的活儿。哇!他们可真是吃得到处都是啊!那个,难道说收拾这些也是我的活儿?应该不会吧……这样啊，哦，太好了……

"以上工作完成之后，就要配合退潮的时间，开着面包车离开小岛。'这时有一件事希望你注意，就是不要让客人们注意到，必须让他们因为满潮没法从岛上离开。这就是活动，或者说招待他们的游戏的开始。这之后就不属于你的工作范围了。然后把车还回租车公司，作为交换拿到报酬……'大概就是这个意思。

"没有的，我跟委托人一次面都没见过。说起来，虽然我们互相发过邮件，但直接通话可能一次都没有……奇怪吗？没有啊，近来这种操作也不是什么稀罕事。再说了，只要我能切实拿到工钱就行了呀。

"我是坐那辆车来的吗？怎么可能？那样的话，不是天亮前就得过来了吗？是雇主那边给租了渡船，我就是这么来到岛上，在月琴亭旅馆做好各种准备的。当时租船的商家，我还记得名字呢，随时可以告诉你们呀。

"被杀的是千千岩征威？是个法官？不，完全不知道。不管是他到这个岛上来了，还是他在月琴亭旅馆这一点，我都完全不知道。"

极其明快地回答问话的，正是听说了骚动后返回此处的原前台——其人自称槙伊织。

而不那么明快的，却是这个人在解剖学意义上的性别。尽管我们在日常对话中并不会在意，可一旦碰到要确定是男是女的时候，心中瞬时就会生出 丝迷惑，这实在是一种怪现象。

虽说此人昨天穿的是旅馆工作人员的制服，而今天穿的是私服；然而，这颇为性感的 T 恤衫，再加上沿着腿部曲线严丝合缝贴合到脚腕的裤子，只会让人越发困惑。

但哪怕是狮子堂警部补，也觉得这个问题毫无必要，并且也没兴趣去冒昧提问。他只是淡淡地进行着案情问话，确认了这个叫槙伊织的人，在这出围绕日本版圣米歇尔山的杀人计划中，不过是个傀儡罢了。

"那个，然后呢？"

对于忽然从一旁传来的话，狮子堂警部补做出了反应。"原来是森江先生，你还没去睡吗？我刚才应该说了，大家可以各自回房了。"

看到狮子堂警部补吃惊的表情，森江春策脸上露出苦笑："唔，要说睡不着是假的，不过在那之前，我有个问题要问……连接这个旅馆一楼和排满客房的二楼走廊的那个楼梯上，有没有装着一个升降机一样的升降装置？关于这一点，你有什么印象吗？"

"哦，这么一说，确实有个这样的东西，就是那个装在兼作扶手的导轨上的东西喽？"槙伊织马上用很轻巧的语调答道。

"你见过！"面对不由得兴奋起来的森江，槙伊织一脸困惑，像是在说：怎么了？

"不过，那玩意儿可没法用，因为坏了。"

"哎？"

"虽说不属于我的工作范围，但我想万一要把什么重物搬上去，也许能用上，所以就去看了一眼。我看到了升降用的椅子，但是发动机不见了。不过，这有什么关系吗……"槙伊织略略歪着头，不解地看着森江的脸。

"不，呃……只是个可能性的问题。"森江不干脆地小声咕哝了一句，接着肩上被狮子堂警部补啪地一拍，"幸好其他人都在睡觉啊。还有，恭喜你再次变成嫌疑人。顺带一说，刚刚说的那种楼梯升降机，好像也叫作'椅子式斜行型台阶消除机'，那玩意儿在法律上是等同于电梯的。安装的时候需要提交确认申请，之后安装者也有义务每年定期进行一次检查。可能本来是有这个需要的，但要是在像现在这样只是偶尔使用的建筑物里，那就还是拆了比较好。"

"这样啊……不过，再次变成嫌疑人又是怎么回事？"

"既然那个千千岩法官的替身利用升降机爬上楼梯的说法被否定了，那么一直在二楼的你就成了最大嫌疑人。虽说发现了完好无损的煮鸡蛋这一点是个难题，但光凭这种证据就判定被告无罪，这种法官日本可没有哦。当然，我们姑且不说陪审员喽。"

"也是呢。更何况，如果是'悬梁法官'千千岩征威，肯定眨都不眨一下。"森江春策说完挠了挠头。

"啊，站住，等一下！"

仿佛被惊慌的乱叫声追着一般，一个人影啪嗒啪嗒地冲了过来。

那个人影突然朝森江冲去，像要揪住他的衣领一般，气势汹汹地逼近到眼前。

　　只看清了那是个年轻女性,与此同时,她已经冲森江大吼了起来:"是谁?是谁杀了千千岩法官先生?偏偏是那位先生……难不成是你?"

3

"哎呀,你不是刚才一起坐船来岛上的那位……"只干了一天的前台槙伊织说着,眼睛瞪得溜圆。

狮子堂警部补听到这话,对追着那女子而来的警官说道:"怎么回事?为什么会有这种人到岛上来?"

在对方皱眉质问之下,那警官半惶恐半气愤地说:"实在不好意思。我们要把这位用船从对岸接过来的时候,她突然跳了进来……"

"真是没办法,能不能靠谱点呀。"狮子堂警部补苦着脸说道,然后转向新来的女子,"你可真会给人添麻烦,就算要钻到警察的出警现场看热闹——说到底,您是哪位啊?"

"好,给你。"那女子一边狠狠地瞪着森江春策,一边灵巧地掂出一张名片,递给狮子堂警部补。

狮子堂警部补大概是老花眼,把名片稍稍拿远了一点,森江便从旁窥了一眼。狮子堂警部补很快就把它收进口袋,所以森江捕捉到的信息只有上面写着的"月见里碧"。

狮子堂警部补用疑惑的眼神看着她,道:"月见里碧女士是吧?虽然不知你有何目的,但你的确成功糊弄了我们所的年轻人,跟这边这位一起乘着警船不请自来,是这么回事吧?"

"是的。"月见里碧毫不畏缩,斩钉截铁地回答道。

看年岁大概在二十五六,一张面孔严肃紧绷着,却又让人觉得带着几分甜美温柔。身材完全是精干健美型,然而某些地方又让人觉得有几分丰腴。

这大概是拜她所承担的某类职务所赐吧,森江春策忽然想到这个。

"我在外面听其他警察说了,说是已经抓住最大嫌疑人了?据说在被请来的客人中,只有一个人有机会犯罪,那个人把千千岩先生从旅馆房顶推了下去……该不会就是你吧?相貌特征看起来挺匹配的。你就是刚刚说的杀害千千岩法官的凶手?"

那女子一边用刚刚掏出来的名片夹的一角向上指着森江的鼻子,一边逼近他。森江没有办法,只好在狮子堂警部补半带苦笑的目光中,答道:"看起来……好像是这样啊。"

"你说什么?!"阿碧瞬时脸色大变,怒火冲天。

森江春策赶紧解释道:"等……等一下。我可不是凶手啊!我只是因为奇妙的因缘际会,在连真正的凶手也没预料到的情况下,偶然摊上了嫌疑……"

"真正的凶手?"月见里碧仿佛越发被这个词激起了情绪的波涛,"就是说,凶手另有其人?那这个人是谁?!"

"这个嘛……"森江认真应对着,察觉到这个案子对她来说有重大意义——看起来，她就是因此才闯入这里的。所以他毅然说道："关于千千岩法官是如何被杀的，以及凶手在那前后做了什么，我已经大体知道了。或者说，我现在终于明白了，无论是他或者她所用的手法，还是其犯下罪行的动机……"

"那！"月见里碧越发激动起来。她把瞪着眼睛呆望的槙伊织丢在一边，这回同时对森江春策和狮子堂警部补两人发起了攻势。"要是知道，就告诉我，到底是谁杀害了**那位公平正派的千千岩征威法官**！"

呃……森江顿时瞠目结舌，和狮子堂警部补面面相觑，接着又细细地盯着月见里碧的脸，道："那个……您刚才说什么？我好像听到您说'那位公平正派的千千岩法官'，是吧？"

"我是这么说的，怎么了？"月见里碧一脸意外地回答，然后继续追问——这问题只是让森江更加困惑，"快，告诉我吧。杀害千千岩先生的凶手叫什么名字？真面目是怎样的？"

"这……这个嘛……"森江春策越来越不知道该怎么回答了……

*

哼——没想到来这儿竟然发现这个家伙……"凶手"一边在隐蔽处偷听着以上经纬，一边在心中倾吐道。

不管其他几位怎样,他反正是不管怎样都无法安然入睡。于是,他悄悄溜出自己的房间,不料却目睹了意想不到的事态进展,当然要大吃一惊。

律师侦探先生有麻烦了。那位仁兄既没法回答,也想不明白。不过,不管他怎么想,我确实都在这里。还有一件事,也是确定无疑的:既然看到了"那个人"那副样子,我就不得不再杀一个人了!

"凶手"将心中熊熊燃起的杀意掩盖起来,偷偷地藏起身影。因为森江春策和狮子堂警部补,以及槙伊织和月见里碧开始陆续走动起来了。

要杀死,杀死那个人……唯有那个人绝不可以活下去!

给读者的邀请函

至此,《隐身的复仇者》中所包含的两个故事之一——《被审判的法官》,大家已经读完了。对于读到这里的读者,作者提出了以下的问题:

你是否已经读过另一个故事《非连环杀手》,并且看到了和此处同样的段落呢?

如果还没有,请接着阅读《非连环杀手》。如果已经读完……请就此打开封纸,继续朝《解谜篇》的故事进发吧。

请继续享用《隐身的复仇者》。

芦边拓

第六章

煮鸡蛋在口袋,
替身在电梯,
闯入者在旅馆

序　言

各位正在浏览我的网站的读者，大家好。如果是第一次来的读者，很高兴认识你们。虽然现在还什么都没有写，但还是欢迎大家来到这个《蓝色野梨笔记》。

尽管我写了以上文字，但到目前为止，应该还没有任何人能看到。

换句话说，这里是所谓的隐藏内容，因为根据设定，除了博客的所有者——我——以外，谁都不能打开。

如果现在有人能看到这篇文章，那你应该是个有点手腕的黑客。如若不然，就是发生了以下两种情况中的一个，导致博客的"不公开"设定被解除了。

第一种情况就是，在这篇序言之后写作的一系列文章，其中所描述的案子以某种形式得到了解决，因此，公开此前的一系列过程也无妨了。

另一种情况就是，我本人遇到了意外，导致不可能继续更新。在这种情况下，我设置了某种方法，可以把设置切换为"公开"。

衷心希望，这篇博客最早公开的时候，也是案子得到解决的时候。虽说干脆就这样一直锁着，或许还更稳妥些。

无论如何，这里记录的，或者按现在进行时正在记录的，是我的个人笔记。

它有点像日记，也有点像备忘录性质的东西。因此，无论是个人私事，还是一些思考片段，我都通通写在这里了。

章节的划分，除了依据写作当时的心情，没有别的了。有的时候，我甚至会先综合梳理事实关系，而后才对推演至此的过程进行说明，希望各位能够理解。

另外，还有一些地方讲了当时不可能知道的事实，是过后又追溯回来插入的。

关于人名，如果是和我关系非常亲近的人，或者可以被称为案子当事人的人，就照原样记录下来了。但如果对方因为给我这样的自由职业者提供了便利，事情暴露后可能会被所在的组织排斥；或者虽然是当事人，但扮演的角色太过不堪：这些情况下，我也会避免直呼其名。

不过，其中的区别实在是非常暧昧，很多情况下主要依据的是我个人的感觉或者心态。因此，若是因为使用实名而发生任何令人不快的事，责任全部在我。

如此等等，我特地提前写了这么多，到底还是希望这个博客能以某种形式被别人看到吧，即使是以我的人身安全发生意外这种形式。

好吧，首先还是从那一天开始吧。尽管很清楚不写不行，但我无论如何都无法开始动笔。从那一幕成形开始……

蓝色野梨 A·Y

目录
CONTENTS

第1章　1

第2章　4

第3章　10

第4章　14

第5章　23

第6章　28

第7章　35

第8章　40

第9章　45

第10章　50

第11章　53

第12章　59

第13章　61

给读者的邀请函　65

非连环杀手

[日] 芦边拓 著　夏言 译

隐身的复仇者
ダブル・ミステリ

第1章

那一天，我听说矶岛健太死了。

他是我的前男友，一个火不起来的演员，一个打工狂魔，同时也是我肚子里孩子的父亲。他就是矶岛健太。

然而，对现在的我来说，这些都无所谓了。曾经，这些都是那么有意义，我会和他有共鸣，也会对他产生反感。可是当检查的最终属性出来之后——不知这样说是否准确，总之就是市面上卖的妊娠检查药现出某个标志后，一切就都被重置了。

要说这件事，很多人肯定会大摇其头，我也懒得花力气让大家理解，所以本不想多提。如果非要说几句，其实就是这么回事。

知道我怀上孩子的时候，我想他大概想到了三个选项：要么让我堕胎，继续维持现在这样的关系；要么生下孩子结婚；要么就装傻，回头将一切丢给我……

可能还有其他各种各样的选择，不过毕竟都是那个时候的事了嘛。然而，我的选择是："孩子我会生，但是我要和你分手。"

他大概没想到我会选这条路，所以当我如此宣告的时候，他表现得相当惊慌。

他瞬间呆住了，之后问了无数次："你开玩笑的吧？"甚至赌咒发誓，说他认真考虑了要结婚，还说为了即将降生的孩子会开始认真挣钱。"为、为了这个，我甚至可以收起我的梦想。当然，一辈子都这样可能不大行……不过要是为了你的话……"

我想他一开始大概并没打算豁出去。虽说要是我把孩子生下来，他肯定也准备好了承担一定的责任，但他无疑认定我横竖都会靠自己搞定。

所以他做梦都没想到，竟然是我提出了分手。也许他脑子太乱了，竟然落魄得哭丧着脸说出了："你是要抛弃我吗？"

老实说就是这样，但他实在太可怜了，所以我选择了沉默。

要是只有我自己，就算他一直这样既没有任何才华也没有任何未来，就算我只是白白投入自己的人生，毫无回报，我也做好了准备说一句"随便吧"，然后就这么算了。

但是，如果自己的肚子里孕育着新的生命，那就另当别论了。

我觉得即使找个废物做伴侣也没什么不好，但我可没有打算让他当我即将出生的孩子的爸爸。只有这点，我绝对不能接受。

孩子身上有无限的可能性——就算这个说法纯粹是瞎扯，要是有这个男的当爸爸，可能性则会大幅降低。我看这倒是确定无疑的。

说到底，要是这个家伙当了别人的爹，就算本来有一丝成功的希望，那希望也会逐渐变得渺茫，最终朽烂吧。如果我要和这种人一起慢慢变老，同时目睹这一切，那还是算了吧。

突然在脑海中闪现的这些想法，事后让我的很多朋友都大吃一惊，甚至直接呆住，然而我的决心却没有丝毫动摇。

他还在一边絮絮叨叨："你开玩笑吧？"然而为了搬家而给行李打包忙里忙外的我，已经一个字都听不进去了。

就这样，我跟他分手了。我和他过着各自的生活，他的事我已经忘得一干二净了。

然而，在一个意想不到的日子，我又想起了他。不是因为他的生，而是因为他的死……

第 2 章

我是过了一会儿才意识到,眼前的这个东西,就是我之前见过的那辆车。

我在半麻木的大脑内,为如今已经变成一坨废铁的它慢慢做着复原。终于,一辆白色面包车的形象再次显现,随之而苏醒的鲜明记忆,则是他——矶岛健太——得意扬扬地开着它兜风的身姿。

"怎么样?不赖吧?"

那时候,他直接把车开到了我面前,一边说着,一边故意用力把身子从车窗里探出来。

从他身后流泻而出的声音,是相当豪华的车载音响发出的。不过,虽然本应该流泻的是华美的音乐,我听到的却是新闻广播。

而且还是要对某个疑似冤狱的案子进行二审的新闻,跟当时的场景实在是不太相符。唉,不得不说,这种粗心大条的事,还真像健太做得出来的。

我因为一心想着这些,便没有回他的话,健太似乎终于焦急起来，噘起嘴说道："就是说，所以……怎么样？"

就算他问我觉得怎么样，它看上去也只是一辆极其普通的面包车。

尽管如此，我还是对他何时有了这辆车产生了一丝好奇。然而，我立马就看到，他那只手轻飘飘搭着的车身侧腹上，画着"奇幻映画社"字样和一个蛮漂亮的社标。"搞什么，不是公司的车吗？"

我如此说了之后，健太挠了挠头，说："哈哈哈，已经露馅啦？我这会儿正好没事。怎么样，要不要去兜个风？"

"请容我拒绝。"我冷冷地说道。

之后看他噘起了嘴，一副不满的样子，我便一口气数落起了他：竟然在工作时间开公司的车出来玩，你知不知道过后被发现了会怎么样？说到底，哪有你这样当员工的？

要说他当时那副可怜相，你们可真该瞧瞧。说起来，这是什么时候的事来着？

如果是他刚开始在那个叫奇幻映画社电影制作公司上班的那阵子——那时我们刚认识，我觉得我不可能会这么劈头盖脸地数落他。

如果是再晚一阵子，比如刚在一起的时候，我倒是有可能说出那些话来。可要是那样，我应该一开始就知道那是公司的车才对。

在奇怪的节骨眼上在意起奇怪的事来了。相比起记忆的自相矛盾，更加确定无误的是：跟记忆中的当初相比，现在的一切都变了。

那辆普普通通的白色公司用车，如今除了车身颜色，已经完全不复当初的样子，成了扭曲得厉害的破铜烂铁。

那张狂自大的公司名，如今也几乎无法辨别。不止如此，窗玻璃已经碎成了齑粉，门也一起变了形。

而最重要的是……矶岛健太不在了。

不，准确地说，他是在的。他和那天一样，坐在驾驶席上。直到赶来的急救人员拼命把门撬开，把他从里面运出来为止。

据说，救护车只运还活着的人。可是，不管上车的时候情况如何，到达急救医院的时候，他的确已经没气了。

当我赶到的时候，一切都已经结束。

认识我的人，都尽心关照着我。然而，当他的亲戚赶过来时，我被推到了后头。不，为了他们的名誉，我要补充一句：我是主动退后的。

有一位认识我和他的朋友，打算向他的亲戚们——不对，现在应该说是遗属了——介绍我，却被我悄悄地拉住了。

既然我已经决定跟他分手了，我也就不打算跟他的遗属扯上关系。我或许应该告诉他们，我肚子里有他的孩子，但还是算了。

因为我心里早已决定：一切的一切，都是我自己的事。

过度疲劳导致驾驶时打瞌睡——这几乎就是人家告诉我

的他的真实死因的全部了。

奇幻映画——费纳奇镜[①]的别名,也可以说是电影出现以前的电影。以此为名的这家公司,主要承包制作电视广告里的企业宣传视频、以展示或记录为目的的影像,以及在网站或手机上呈现的动画,此外还负责制作电子广告牌和DVD,再就是编辑和追加字幕、CG加工等后期制作工作。

作为这种万金油一般的制作公司的一员,他的工作就是包揽公司的一切杂活,以及为公司的内容创作者们提供协调工作。工作时间形同虚设,至于加班费,则根本不存在。

刚跟我认识的时候,矶岛健太在那家公司上班还不久,每天都忙着四处奔走。然而,开始交往后不久,他就突然辞职了。但我问他为什么辞职的时候,他说:"不是,就……连跟你一起出去玩的时间都没了呀,一直这样的话……"

他一边说着,一边颇不自然地挠起了头。他似乎想暗示:比起工作,我还是更在意你呀。

要是现在的我恐怕会站起来把杯中的水泼到他脸上——不,其实当时的我也差点这么做了。可不知为何,我并没有那么做。

那之后,他一个接一个地换着更轻松、更短期的工作干。我跟他就这么往返于彼此的家里,过起了日子。一开始

[①] 费纳奇镜,1832年由比利时人约瑟夫·普拉托和奥地利人西蒙·冯·施坦普费尔发明,可播放连续动画,是早期无声电影的雏形。

就是这样松松垮垮、自甘堕落地混着日子，然而这终究无法持久。

结束的日子不费吹灰之力就来了。经过前面所讲的那些事情后，我把他赶出了家门。

那之后，他回到了原来所在的制作公司。通过重返本来想干（变得想干）的工作，他或许是想向我证明什么。

然而，仅仅隔了一个很短的空档期，要么是因为岁数和体力明显不如从前了，要么是因为工作条件变得更加艰苦了，他就打着瞌睡撞到了城墙一样的混凝土围墙上，结束了自己的一生。

他单位那边的人，显然不希望别人知道此事。

他们所担心的，首先是健太所运输的产品有没有受到折损，其次才是刚刚所说的，不希望别人认为他的死亡是过劳导致的。

然后，远远排在这之后的，才是矶岛健太这个男人已经从这个世界上消失了这一事实。

我是很瞧不起他们的。可是，对我来说，他的横死在我的人生重要性排行榜上又能排在哪里呢？我说不清。对我本人和我肚子里的生命来说，远不至于产生影响，只有这一点是确定无疑的。

我的脑海中不时会重新浮现那个事故现场的录像。我一面为此而苦恼着，一面为了比他的死重要且切实得多的生活而拼尽全力。

　　是的,直到某一天,某人的手指按下了我家门口对讲机按钮的那一刻……

第3章

　　这对男女有一种奇妙的无机质感。一方在说话的时候，另一方就沉默不语；如果一方想要说什么，另一方立刻就会打好配合。这样一种节奏，让人感觉不愧是配合默契的一对。

　　不过，也正因为这样，他们仿佛意识不到彼此的存在，举手投足间好像只有自己一般，这一点也让人稍稍感到不舒服。

　　"那么，关于您和矶岛健太先生的关系……"

　　双人组合中的那个男子，就像预先设置的程序一样进行了简单的寒暄，接着就突然直奔主题。

　　"根据我们这边的调查，您和矶岛先生在某段时间里，有过所谓的事实婚姻关系。那么，之后你们是否有过结婚的打算呢？"

　　过后想想还挺惊讶的，这人竟然毫不掩饰地问了这么私人的问题。然而，当时我只觉得是某种机器人在自顾自地说话，所以就非常自然地接受了。

"为什么突然问这个？"我一边说着，一边看着咖啡馆桌子上放着的两张名片。它们并列放置着，仿佛用尺子量过似的，没有毫厘的误差，上面印着同样的符号和同样的公司名：

千岁三星人寿保险公司

就在刚刚，这对男女佩戴着具有和名片上相同符号的徽章——好像它表明了某种特殊权力似的，就要往我家里冲。

不巧的是，尽管我家现在从物理层面上说是可以进入的状态，但在心理层面上却是不容侵入的。毕竟发生了各种各样的事……

那之后，我们便到了附近的咖啡馆，不过他们想说的，似乎就是这么回事。

健太死前，貌似被人推荐买了这个什么星的人寿保险，但是他并没有指定保险受益人。

在这种情况下，"法定继承人"应该成为保险受益人，然而健太基本上是茕茕孑立，并没有符合保险合约条款的人选。唯一的例外，就是我这个曾经跟他同居过的人了。

所谓事实婚姻关系，不过是个新鲜又不讨喜的说法，简单来说，就是和合法婚姻相对的事实婚姻。

关于和投保人处于这种关系的人是否能够成为保险金受益人，似乎有各种各样的麻烦规定。为了配合这些麻烦规定，他们啰啰唆唆地问了很多我过去和他一起生活的细节，比方说，家务和生活费怎么分担，最后甚至问到了性生活方面，实在是让人烦得不行。

可即便如此，我还是乖乖地回答了，倒不是因为保险金的额度（我这么说，想必也没人会信，而对面前的两位保险员来说，大概更是无法理解），而是因为，我不想无视健太在这个世界上留下的微小痕迹。

但哪怕是"忍者神龟"也有忍耐的限度，我已经准备好要说："要是付不了也行吧，能让我回去了吗？"

就在这时，那个女的突然冒出来一句："话虽这么说，要是您的肚子里有孩子，则另当别论了。"

我稍微愣了一下。是在哪儿听说的？竟然连我怀孕的事情都知道了。

"哦？您是从哪儿听说的？"我虽然想这么问，但也知道他们不会回答，便索性沉默了。不料那个男的又开了口，一边将目光投向我的肚子，一边说道："不过，前提是得有证据能证明，'那个'的确是矶岛健太先生的孩子。关于这一点，您是否有客观证据之类的东西呢？"

他说得和和气气的，我便也报以一个和和气气的微笑。然而，那个女的还是察觉到了什么，慌忙拉了一下男子的衣袖。

可即便如此，那个男的似乎还是没意识到自己的失言和无礼。我给了他三秒钟的时间反省，然后，就把面前水杯里的水泼到了他脸上。

"哦，不好意思了。"我说着，站起身来，一把抓起账单。

"关于这个,你们完全不用操心。至于钱,你们这边随便处理吧。再见。"我回头甩出这句话,然后毫不客气地走向了收银台。

女店员好奇发生了什么,正在往这边看。我把账单递给她,一边付钱一边说:"麻烦开个发票,抬头是'INA通讯社'。"

按照往常的习惯下意识地说完之后,我才意识到这无论如何都不可能按照取材经费报销,不由得苦笑了一声。

我拿到只能用来填钱包的发票之后,立刻离开了咖啡店。

第4章

"呀，小月见。后来怎么样了？已经没事了吗？"

从保险员们的手里解脱后，我晚于平时到了"INA通讯社"——Independent News Agency（独立新闻代理公司）。我刚一露脸，印南修先生就跟我搭了话。

印南先生是我最信赖的前辈，相当于我所在的这家作者兼编辑事务所的领导，但绝不是老板或者雇主。

"呃，还好……"我刚开了个口，正打算搪塞过去，这时候，刚刚堵在心里的恼火和不悦却忽然涌上了嗓子眼，于是我想都没想就胡言乱语起来："虽然很想这么说，可实际上刚刚发生了一件让人超火大的事……你听我跟你说啊！"

"哦，好……"

作为整个事务所人品最高尚的人，印南先生虽然稍有退缩，但还是当了我的听众。

他像往常一样，椅子轻轻地向左一转，一边突然把歪着的头转向我，一边倾听着刚好同屋的我的抱怨，不时配合着说"嗯嗯""哎呀，这可过分了"。因为他是值得信任的，所以我当然也说了我怀孕的事。

过了一会儿，倾诉告一段落，他宽慰我道："原来如此，是这么回事啊。他们该不会以为，仗着是出于工作就什么话都可以说了吧？"

虽然只是哄我，我心里却实在是舒服了几分。

印南先生虽然已三十多岁，但脸颊和身材都很瘦削，所以远远地看上去很年轻。单凭这一点他就已经很受女性欢迎了，更何况他作为写作者笔锋辛辣，社会问题意识也很敏锐。

听人说他有个家人不幸死去，这也是他进入这一行的契机。

那么，在此之前他打算做什么呢？要说转行也总得沾点边，可他以前竟是个小提琴家。

而且，他从很小的时候开始就全身心投入学习这个，当小提琴家自然就成了他的职业目标，周围人也都是如此期待的。这么一说，他那柔软清瘦的躯体，不时被清爽的头发遮住的优美细长的脸颊，的确和演奏小提琴十分相配。

他那雪白纤细的指尖，比起在键盘上猛烈敲击，或是捏着钢笔笔走龙蛇，还是引弓运弦更为合适。

实际上，大概是某次陪他去做跟音乐有关的采访时，我有幸目睹过他的现场演奏。即使就我一个外行看来，啊不，是外行听来，也是令人心醉神迷的。

如今想来，对方似乎是知道印南先生作为小提琴家的过去的，而印南先生也是在执着的请求之下，实在无法拒绝才拿起乐器的。

即便如此，当他将那支颇有来头的小提琴夹在腮下，右手执起琴弓，那一瞬间，平日里的他便消失了。一身随意的衣服，看起来仿佛无尾礼服配白衬衫、蝴蝶领结和黑腹带的装扮。

演奏结束的瞬间，他忽然看向我，说："别跟大家说哦，小月见。"

他那淘气的微笑，也深深地印在了我的脑海中……

尽管我是个嘴巴不严的人，这个约定我却忠实地守住了。实际上，后来我的多年老闺密一边叫着我学生时代的外号，一边问我："怎么啦？想到什么了，笑得那么奇怪……是什么好事吗，阿碧？"

"唔，没什么啦。"我也成功地糊弄了过去。

在工作场合更是如此。他本人嘴里连"小提琴"的"小"字都没提过。

只是，要是有人细看就会发现，印南先生当小提琴家时留下的痕迹至今仍然存在。如果有人注意到这个痕迹，他便会假装漫不经心地小心不让别人看到那个痕迹。

这与其说是为自己的过去感到羞耻，不如说是为了不让别人有所顾虑吧。若要问为什么，这是因为，如果触及放弃小提琴家之路的事，自然就会询问背后的理由，这样一来，就会给询问的一方留下痛苦的回忆……

我想我不该僭越这份温柔。所以关于他自己的事，我从不会问得太深。

从这点来说，我或许并不是很适合干这份工作。

我的博客读者大抵都知道，不过我还是要说明一下，我的确是隶属于"INA通讯社"的作者。然而，这个"隶属"并不意味着要听从谁的指示或者命令。

换句话说，就是不同种类、各具擅长领域的自由职业记者和摄影师，一起租借办公室、雇电话员（虽说这个工种本身随着手机的普及已在急速减少）和事务员，所形成的一帮乌合之众。

不过，大家倒也不是完全各行其是，互相毫无牵连。如果碰上大活儿，彼此组成团队，工作上灵活合作，共享人脉，这更不是什么稀罕事。

听一位相熟的律师朋友说，这在他们行业似乎也很常见。除了律师主管手下雇用员工这种公司制的组织方式，还有很多律师事务所会采用分担租金、水电费、事务员工资，其余独立结算的组织方式。

这样的话，无论突然进门的委托人是某个案子的嫌疑人，还是跟踪狂或者网络诽谤的受害者，大家都可以在事务所内把活儿分了。

这次的事，要不要也跟那位朋友聊聊——我虽然有过这个想法，但想到实在也不是什么特别的案子，也就不想去烦他了。

本来我们这些作者，每次遇到事情都不想和电视台那帮人一样，让专家和一般观众白干一场。他们不是没心没肺地把借出来的资料弄丢，就是把别人代代相传的宝物弄坏后再归还。

我们这儿的员工的出身其实五花八门，从跟写东西没有丝毫关系的行业转行过来的人很多，不过核心成员还是报刊记者、编辑。通过他们接到的活儿比较多，学本事的机会也不少。

现在跟我讲话的印南先生也是用类似的办法，给我们弄来了一个给某晚报一个很大的常设专栏写作的活儿。

在这个专栏中，大家会轮班撰写时事类报道或案情内幕，我最近也成了轮班的一员。不过，因为目标指向了健太，接着又有了刚才发生的事，我便觉得这活儿不好做了。

印南先生也许是因为看不下去我这副样子，才跟我搭话的吧。然而在此之外，他又丢过来这么一句："说起来……那个公司还真是倒霉事不断啊。"

"那个公司，是说我前任上班的那个奇幻映画社吗？"我不假思索地反问道。印南先生露出一脸"糟糕了"的表情，说道："是的。虽然这么说，但并不是指生意不好做之类的，毋宁说恰恰相反……也许恰恰是因为生意好吧。大概是上上个月的时候吧，那边一个叫阿形的资深制作经理，忙了好几天终于可以下班回家了，不料却从车站的电梯上滚落下去，结果失去意识，就这么死了。这恐怕也是因为过度劳累和睡眠不足吧。"

"竟然还有这种事……"

"说得是啊。然后就是你男朋友那件事嘛,还不止如此呢……"

听到这句让人挂心的话,我不由得做出洗耳恭听的样子。于是,印南先生越发显露出"糟糕了"的心声,说道:"啊不,不管怎么说,这都不是现在要说的话。抱歉。"

他低头单手做了个合十的动作,倒是让我觉得不好意思了。不过,某种东西在我心头汹涌而上,把那种心情推到了一边。

将它称为好奇心,恐怕有些不够谨慎;可要大言不惭地说什么"记者之魂",我也说不出口。不过,这是一种无论如何都无法压抑的情感,这一点是确定无疑的。

"没……那件事,能再详细讲讲吗?"我顺应这种情感,开口问道。

"啊,不……唉,既然你都说到这份上了。不过,这肯定不是什么让人听了开心的故事,而且我觉得跟你男朋友那件事应该没什么关系……没问题吧?"

"当然。"我间不容发地断言道。不过,我也因此失去了请他尽可能避免使用"你男朋友"这种叫法的机会,这也是没办法。

这之后,印南先生勉强开了口。根据他的讲述,大概是这么回事。

那是在健太短暂离开奇幻映画社之后的事。他们那边本来就长期因为人手不足（或者说节省人工成本）而头疼，而他的辞呈一下子加剧了这一局面。

阿形淳之这位制作经理，不论工作日程多么紧迫，始终不紧不慢，游刃有余。因为"虽然名叫'阿形'，可从不唠唠叨叨"[①]，他从员工那里收获了深厚的信赖。

但是，这样一来，反而让他本人产生了巨大的压力。在麻烦事接踵而至的时候，他一面要将这些麻烦一手揽下，一面又不得不同时运作好几个项目。这位制作经理所承受的压力，可是非比寻常的。

日日夜夜住在公司已经成了常态（不，虽说原来也是这样，但最近越发厉害了），身心都疲惫不堪，旁人也是一望而知的。

终于在某天的傍晚时分，他离开了公司。幸而有了一点时间，可以从工作中解脱出来，他大概打算回家换个衣服吧。

他抵达的地方，是离家最近的某私营铁路和日本铁路公司的换乘车站。然而，此时的他已不再年轻，加上身体极其疲惫，于是，在站内的某个下行电梯上，他突然脚下一滑。

他从人群的缝隙中滚过，险些牵连别人——他在众目睽睽之下滚了下去，身体敲击在铁质台阶上，尤其是台阶角。

在最后一段台阶上，就在他即将被"防滑梳齿板"——物如其名，就是一块梳子状的板子——吸进去的时候，他的

---

① 阿形，日文读作 agata；唠唠叨叨，日文读作 gatagata，二者音近。

头砸在了月台上。

之前所积蓄的坠落能量，一下子全砸了下去——一切便就此终结。

准确来说，从那一刻到有人宣告心脏停止了跳动，还是需要一段时间的。这一点对奇幻映画社来说也是一样的。

他们甚至都没什么时间对阿形先生表达同情，悼念他的离世。公司的制作流水线已经陷入混乱，他们甚至无法收拾残局。

然而，这种情况只会把大家逼得更紧，非要等到有人成为下一个过劳死候选人，才会有办法。这就是日本机构的现状。所以，这一回也是一样，他们只管接连采取应急处理和协调措施，把阿形先生留下的坑填上了……

"呃，也就是说，该不会是……"我脑中想到了某件事，于是开了口，"他——矶岛健太，突然回到奇幻映画社，是不是就是为了填补那位阿形先生留下的坑呢？"

印南先生微微点了点头，道："嗯，差不多就是这样吧。当然了，经理的工作他是不可能直接接手的，所以你男朋友负责的，是和以前一样以跑外勤为主的助理业务。"

"说得也是啊……我就觉得矶岛应该没有这之外的本事。"

听了我的话，印南先生微微睁大眼睛道："你还真是刻薄啊。总而言之，正是因为接连发生了这类事故，大家才会说他们倒霉事不断，应该也不算错吧。哎呀，不过就是这么点事。"他叹息着结束了谈话。然而，在我看来，谈话还得继续下去。

"原来是这样啊……不过呢……"

"嗯?不过什么?"印南先生诧异地眯起了眼睛。

"印南先生,您为什么对这个阿形先生的事故了解这么多啊?或者说对奇幻映画社的内情,您为什么这么了解?"

"嗯?啊,这个嘛……"虽然语调明快,但印南先生脸上的表情十分痛苦。

"其实,制作经理阿形会发生那种事故并且最后身亡,大家都认为是有原因的。他是被迫的,所以才会如此疲惫。而且,那件事情的主人公,和我也并非毫无瓜葛。"

刚刚印南先生所说的"而且还不止如此呢",想必指的就是这件事吧。我不假思索地探出身子,忍不住竖起了耳朵……

第5章

那场悲剧的源头，是对某位女性创作者的无情羞辱。

要是没有发生此事，阿形先生，也就是经理阿形淳之，想必就不会在长年累月的过劳之外，再承受身体和精神上的苦痛与疲惫了吧。至少很多相关人员，都是这么觉得的。

这么一来，他肯定就不会在车站的扶梯上脚下打滑，积累至今的种种也就不至于化为乌有了。

在制作经理阿形那场事故发生的几周前，在和事故现场所在的车站共享同一线路的公司内，发生了一场悲剧……

女主角的名字，叫美崎琴绘。据说，印南先生作为一名记者，也作为一个电影迷，很早就开始注意她了，在报道中也曾提到过她。

说起来，我好像也听健太说起过有这么一个精明强干的女子。总而言之，在她身上发生了下面这件事。

"小月见或许也知道，那个公司，就是奇幻映画社……"印南先生一边用他那纤细柔软的右手手指灵巧地玩着钢笔，一边打开了话匣子。

"他们公司的员工要负责从视频素材的制作到细节精修的全过程，除此之外，有时候连打包的业务都管，他们也拥有若干签约创作者，这些人大部分都是在家完成工作。毕竟现在这个年代，大部分对接工作都可以靠数字化解决，所以即使在家也可以充分应对。不过，迫不得已的时候，把他们都叫到公司办公室来干活，这种情况也是不少的。

"美崎琴绘也属于公司的这种外编职员。她是一位优秀的插画师兼平面设计师，二维和三维技术都能熟练运用，活儿干得漂亮，艺术直觉敏锐，而且因为人品好，在业内有很多拥趸。

"这时候的奇幻映画社，刚好接了一个很大的活儿，负责制作在某个国际性大活动上上映的作品。对一个毫不起眼的、姑且靠外包公司的外包活儿勉强维持运转的公司来说，这自然会被看作一跃而起的大好机会。然而，老实说，像这种比鹅毛还轻的新兴公司，要是被选中推上了祭坛，那多半也是根本无法完成的任务。

"除了内容本身需要不断推倒重来，更让他们吃尽苦头的——一如既往，就是时间和金钱。

"为了强行达成不可能完成的目标，公司内外的员工都被强行安排了甚于以往的过劳任务，终于连美崎琴绘这样在家工作的人，也被叫到公司办公室来连续加班。

"本来当着你的面不该说这些的，但还是说吧。她那时候其实怀孕了。据说对方人在国外。不过，他们当时到底是怎样的关系、未来会不会在一起等问题，本人一个字都不打算说，周围的人也并没有去打听。

"这固然表明这家事务所不同于社会上一般公司的企业文化，崇尚不干涉个人隐私；然而，公司这样做也是因为担心，如果戳破这一点，恐怕就没法再给她安排过量的工作了……

"她恐怕也心知肚明，所以才和平常一般无二，继续发挥着敏锐的艺术直觉和绘画技巧，既不示弱也不要求格外的照顾。因为她十分清楚，身为自由职业者，只要这么干，工作机会瞬间就会被人抢走。

"幸运的是，工作进展顺利，于是聚集在公司办公室的员工们得到准许，可以回家了。而这之后不久，就发生了一件不祥的事……"

印南先生手上转来转去的钢笔突然停止。我则屏息凝神，侧耳倾听。于是他继续讲道：

"那时候，各位员工被连续熬夜折磨得精疲力竭，好不容易完成了工作。透过一不小心就会合上的眼皮之间的缝隙，他们看到了离开办公室的美崎琴绘。

"据说，她和其他员工截然不同，没有流露出丝毫的疲惫，后背挺得异常笔直。她的背影，给大家留下了深刻的印象。

"没有一个人想象得到即将在那之后发生的悲剧。

"岂止如此。此时已经化身大块头①的大家,甚至都没跟她道一句谢,就纷纷倒在桌上,当场呼呼大睡起来……

"然后,又过了几个小时,派出所就打来了电话——他们负责的片区跟办公室只是稍有距离。

"电话里说的是,美崎琴绘在回家的路上遭遇了事故,现在已无生命体征。听闻此信的制作经理阿形先生,也就是阿形淳之,据说立即大吼了这么一句:'难道是车出了什么事吗?'

"然而,他当时的那句话引起了一点误会——不,是误会大了。美崎琴绘是在载满乘客的电车中昏倒,而后才被送到医院急救的。那之后,她再也没有恢复意识,到了第二天,她就白白地没了性命……连带肚子里的新生命。"

"就是这里吗……"我站在那个车站的月台上,一边被从刚刚抵达的电车里喷涌而出的人流冲刷着,一边低声喃喃道。

这实在是随处可见的市中心车站景象。现在这个时间尚且如此,若是在琴绘到达车站的上午时分,想必更是拥挤不堪吧。

那么……当时的情况,应该去哪里打听呢?

我正这么想着,便看到了眼前写有"车站事务室"的标志。我毫不犹豫地敲了敲标志下的拉门,不等里面的回应,

---

① 大块头,任天堂《星之卡比》系列游戏中的角色,身体和手脚都是长方体,看起来很笨重,通过冲撞、三连跳、砸下等方式发动攻击。

便打开了不太好使的门,走了进去。

这时我忽然想到,或许印南先生不只是出于记者的使命感和好奇心,他对已死的美崎琴绘其人也心有好感吧。

然而,最终呈现在我眼前的那场悲剧,那个事件,却将这种感伤的想象轻易地吹散了……

第 6 章

关于我们的共享事务所"INA通讯社",我一直觉得这个名字起得好。

成立之初,其实还有好几个备选的,然而这个第一眼看上去既无聊又没有个性的名字,却发挥了意想不到的效果。

说它"更正式"可能有点语病,不过的确有很多人误以为这是个有组织的新闻机构。要是换成一个更平易近人的名字,可能就会被采访对象轻视了。

但是,要是和大企业或政府机关那些居高临下的家伙打交道,INA开头的"Independent"(独立)首先就免不了遭到他们"哼"的一声轻视。好在这里的车站工作人员似乎并没有这样的偏见。

不对,他们主动开口讲述那起事件,并不是因为这种拙劣的理由。没错,真实的理由是……

因为他们也非常生气。因为他们无法容忍,在自己工作的地方,竟然会有人满不在乎地做出那种丑陋的行为。

那是差不多一个半月前的事。在这条线路上奔驰的快速电车内，发生了一场悲剧。

虽然早高峰最拥堵的时间早就过去了，但每辆车上仍然是座无虚席。

寻常的光景，寻常的拥挤。挤成一团的人群的郁闷和他们的叹息。正在这时，一声怒吼突然响彻全车。

"你怎么就好意思坐下了？赶紧给我站起来！我可是很累的！"

这声音粗野又充满憎恶。那是冲着某节车厢长椅上的人发出的责难，声音的主人是一位中年男子，他胡乱地套着一身随处可见的普通西装，乌黑的脸上油光锃亮——换言之，是个性子稍微急了点的男白领。

瞬间，吃惊的空气开始在四周流动，并且马上变成了不自然的沉默。每个人似乎都马上做出判断，一定不要和这个人产生瓜葛。

"听到没啊你？那边那个女的，就说你呢！别在这儿给我装傻！"

白领的声音更加狂妄起来。看样子是因为在上一站乘客上下车的时候，没抢着空座。

情况大概是，他默默瞅准的座位空了出来，他正打算马上坐下，结果被人流挡住，那么一会儿的工夫就被别人占了吧。

一般来说，大家遇到这种情况，多半咂一声嘴就完了。可这个白领并不打算就这么算了。

兴许是因为他实在太累吧，也可能是刚好心情不佳。不，并不是因为这些。

他只是觉得那个"别人"是一位十分年轻的女士，就想占点便宜。而且对方看上去丝毫不为所动，这实在也让他感觉受到了侮辱。

那位女士一开始似乎还没发现被臭骂的竟然就是自己。待她战战兢兢地抬起目光，发现那张被憎恶和愤怒点亮的脸近在眼前，当即吓得身子一跳。接着她立马就听到："说你呢，就是你！竟然逮着个机会就抢别人的座位，我可是要赚大钱的！像我这种一笔生意就达几百万上千万的人，跟你们可不一样！"

单方面的指责喋喋不休，她赶紧从座位上弹跳了起来。这时候，什么东西进入了这个白领的视野。

与此同时，本已完美占据了空座，心情也快活起来的白领，脸上忽然没了血色。

"喂，你是个什么玩意儿？"他一边如此说着，一边粗暴地把它揪了下来——那是个孕妇挂件。这个表示怀孕的标志是她系在包上的，尽管她在工作场合反而不佩带。

本来这个标志是为了低调地向周围的人表明自己的状况，并寻求少许的照顾的。然而，它此刻在这个男人身上却完全起了反作用。

"你怀孕了啊？所以你就觉得坐下来理所应当了，是吧？原来如此，原来是这么回事……这样就要比我们这些努力工作的人优先了是吧，啊？"

白领说着就站了起来，一把揪住了那位女士的前襟。不，准确来说，是要去揪她的前襟。

　　因为就在他马上要揪住的时候，有个人突然介入，攥住了他扬起的手腕。

　　那是一位年纪在六十岁上下的儒雅老人，身形瘦削，天庭饱满，面容瘦长，发丝干净灰白。

　　这可以说是一位不折不扣的绅士。他分开其他乘客，将那位女士护在身后，却把自己当成靶子立于敌前。

　　"住手，喂——快住手！"

　　被人喝住之后，白领一时间畏缩起来。然而，大概是发现对方是个岁数很大的人，他感受到了侮辱，于是便上前扭住对方："说什么你，臭老头！"

　　车厢内当即乱成一团。

　　幸运的是，快速电车很快就到了下一站，那边的车站工作人员和警察立刻冲了进来。

　　原来，在一旁视若无睹的乘客中，有人第一时间用手机联系了警察和电车公司，到这时终于发挥了作用。

　　白领看到车站工作人员的制服后稍有收敛，然而，即便如此，他仍然在向他们暗示自己工作的地方是个大公司。

　　"我估计每天都得有几百人乘坐你们这条线，我们可是你们的大客户哟！"

　　他一边滔滔不绝地说着，一边在西装的前襟附近摸索着什么。好笑的是，等他看到紧跟其后的警官，瞬间便低头闭嘴了。

然而，故事并没能以笑话收场。白领确实非常轻松地就被抓捕归案了，可附近又有了新的骚动。

"怎么了？！"

大喊的人，正是方才挡在白领和女士中间的那位老年绅士。

"你快醒醒！不行了，快去叫医生！"

恰在这时，大量乘客拥出车外，于是仿佛退潮一般，人墙变得稀疏，那位女士的身影也得以显露出来。

她颓然无力地倒在车厢的地板上，正面朝下，姿势奇怪地扭曲起来。

那位绅士拼命地呼喊着，可她毫无反应，只有身体还在断断续续地抽搐着。

很明显，在刚刚的骚动中，她受到了某种冲击。警官急忙用无线电对讲机叫人，车站工作人员则慌里慌张地跑了起来。

吵吵闹闹的抓捕轻喜剧摇身一变，空气中升起异样的气息。集四周目光于一身的白领，一张黑脸瞬时变得惨白。

"不，不是我。我根本连碰都没碰着那个浑——啊不，是那个女人。跟我毛关系都没——啊不，跟我什么关系都没有！"

嘶哑的声音、特地纠正的话语，真真是无法形容地难听。只是，就这个男人来说，也算某种一贯的风格吧。

"那……那个，工作单位就不报了吧。要钱的话，不管是医疗费还是什么，多少钱我都出……"

死到临头的难听哭号，一直传到了车厢之外。

这时，月台上发生了一件小事。

尽管陆续赶来的车站工作人员和警官们在努力照料倒在地上的女士，并对事态进行处理。然而，或许谁都不想扯上关系，又或许大家都怕耽误工作或约会，总之很少有人对提供情报的号召有所回应。

在这种情况下，回应调查的是一位运气似乎不好，跑晚了的青年。他显然也不想让自己扯上关系，于是指了指一个路过的人，说："这个人当时好像在旁边来着。"然后就一溜烟没了踪影。

而我能够知道事发当时车内的情况，甚至当时的氛围（并且，还能宛如亲眼所见一般一五一十地描述出来），全是拜这位青年所赐。

另外，那位白领为何会一边辩解，一边摸索西装前襟，大家很快也清楚了。依旧是那个碰巧路过的人。他将那枚印着某著名企业标志的徽章交到了车站工作人员手里。"这是我捡到的。"

原来那个男人居然暗暗地把员工徽章摘下来扔掉了，不过，还是被那个路人完好地捡了回来。

仿佛和他们擦肩而过一般，急救人员抵达现场，把那位女士抬上了担架，并迅速运走。这时候，人们已经根据她随身携带的物品弄清楚了诸般情况。

这位不幸的女士名叫美崎琴绘，职业是视频创作者。

虽然尚不明显,但她其实已经怀胎近八个月,进入孕期后期了。另外,因为某种外来的暴力,母亲与胎儿都危在旦夕。

第 7 章

这便是那天快速电车里所发生事件的来龙去脉。

那之后,制作经理阿形淳之从奇幻映画社——美崎琴绘女士不久前还在那里工作,赶到急救车送达的医院,并且看到了已撒手人寰的她,这些事我前面已经写过。

可能有人会觉得奇怪,为什么我会知道这么多?

他们也许会问,你采访的是车站工作人员,可他们当时也不在车厢内,所以对于车厢里具体发生了什么,你不可能知道这么多细节吧?

不好意思,他们不仅从警察那里获得了解释,还从车上其他乘客口中听到了详细的说明,所以对于那场悲剧的很多情况都有所了解。

其实就是乘客中的那位青年。据说,他对于自己为何会被选来做证与其说感到困惑,不如说更似惶恐。多亏了这位在美崎琴绘和出手相救的绅士身旁之人的证言,问题白领当时到底做了什么才明朗起来。

无论如何,和这一事件相关的人,都极度悲痛。每一个人都感觉焦头烂额。

这也是理所当然的吧。最近铁道公司才开始对车站及车厢内用暴力的人采取强硬态度，可即便如此，醉得七荤八素，然后便对车站工作人员大打出手的，仍然大有人在。

而且，非常可耻的是，其中很多都是有正经工作的白领。

我曾经在报道中写过：不知从何时起，"顾客就是上帝"这句话的本意已经扭曲了，更多的人将之理解成"只要付了钱就是顾客，而对方就是侍奉上帝的仆人"。

为了澄清误解，连喜爱这句格言、如今已不在人世的国民歌手也在官方网站上登载了宣言——当然这是闲话了。不过，因一时意气使用暴力，继而轻易被人起诉，大好人生化为乌有，这样的成年人以后也不会消失。

然而，大叔们凄惨的压力发泄口，也不是封住就万事大吉了。

车内暴力，而且他们瞄准的是立场上难以抵抗他们的人。首先成为目标的就是携带幼儿的乘客，尤其是当孩子坐在婴儿车中的时候。那就不管你选的是什么时间，哪怕是你把婴儿车折起来抱着孩子的时候，他们都会肆无忌惮地咂咂嘴，生怕别人听不到似的骂道："带着个孩子来坐什么车啊？"

严重的时候，他们甚至会踢婴儿车。而这都是家常便饭。

无论营业者如何跟政府保证没有问题，寻衅滋事的情况都未能断绝。事实上，这甚至成了公众事件，网络上维护施害者、指责父母的言论不绝于耳。

更加让人心寒，而且也并非与己无关的，就是对孕妇的骚扰。

美崎琴绘身上发生的悲剧，就是其中最坏的一例。

那位白领施害者反复辩解说"我太累了""我因为工作的事心情不太好"，这已经够糟糕了。然而，更让人恶心的是，他的同事竟然还在"减刑请愿书"上联名，并且匿名在网上对美崎琴绘女士进行诽谤和中伤。

他们明明与她从未谋面，却不知从哪儿学来了个"婊子"，就这么叫起她来。大概是因为她不光未婚，还怀了孕。这实在是令人无奈。

他们要是知道我的存在，恐怕也会用同样的话来辱骂我吧。这么一想，他们那深不见底的愚蠢，甚至有点可怕。

不过，在请愿书上署名者的实名被曝光到了网上，他们所发表的与此相关的言论也被人整理出来，引发了热议，最终使他们公司的业务受到了影响。

也许有人又要问了，为什么你连这种事都知道？

其实，理由非常简单。因为我以矶岛健太的死为线索，继而发现了阿形淳之和美崎琴绘二人的死，对此我进行了一些追踪调查。

"这样啊……老实说，我还在后悔呢，总觉得不该跟小月见说那些话。不过既然你这么说，那也就没办法了，就这么追查到底吧。我也会跟别人打个招呼，尽可能给你提供支援。"

听完我的一番报告之后,印南先生像往常一样,轻轻地转过椅子,脸上浮现出无奈的微笑。

看到这个表情的瞬间,我的确感觉到了万分的歉意。可即便如此,想追踪这件事的念头也没有丝毫的动摇。

一位职场女性,仅仅是想一个人生活,就要在孕育着新生命的同时,在严苛的条件下努力工作。在这种情况下,她还想拼尽全力让自己的才华获得社会的肯定。

然而,当她好不容易完成一项工作,拖着精疲力竭的身体踏上回家的路,却遭遇了无妄之灾。

那个愚蠢乏味的男人仿佛是她——不,是我及其他女性——每天都在与之抗争的这个社会的象征一般,侮辱了她,并且狠狠地折磨了她。

然后她死了。

因为她的死而意识到问题的男性当然存在。然而,作为罪魁祸首的那个男的又如何呢?他没有受到任何惩罚,想必此刻还在若无其事地继续上班吧。

另一方面,我也一样,仍然逍遥自在地过着日子。明明隔着不过一张纸的距离,我却像半瞎一样视若无睹。

所以,这也是我自己的事。我甚至觉得,如果这都能放过,那我还追什么新闻?

"谢谢您,印南先生!"我急忙低头致谢。

"不客气,不客气。"他摆了摆手,然后说道,"总之,得先去派出所问一下当天的情况吧?还有那个消失的乘客,也挺让人担心的……还有别的想去见的人吗?"

"有的。"我立即回答道。

印南先生的表情仿佛在说：哦？谁呀？于是我答道："据说从蠢货白领手上帮美崎琴绘女士解围的人，还有就是……"

第8章

在派出所的调查进行得意外地顺利。

印南先生教会了我很多,从报道的负责人姓名,到具体的做事流程,甚至将某富有记者俱乐部①的大报记者介绍给了我。

托这些的福,对于那天那辆车里发生的事,我不仅了如指掌,甚至连现场的气氛都能捕捉到位。

美崎琴绘女士的死因,据说是"受到的某种外部冲击,以及之后跌倒引起的休克症状"。然而,这里所说的"冲击"具体是什么,则尚不明确,也有可能是问题白领的语言暴力等导致的精神性冲击。

另外,虽然该白领对此表示否认,而且没有目击当时情况的证人,但他直接接触对方,并施以身体冲击的可能性

---

① 记者俱乐部,日本某些特定的新闻媒体设置在政府机关、民间团体等单位内部的记者室。该组织具有独家性质,允许申请加入,但手续复杂,且采访自行承担成本,条件很是苛刻。记者俱乐部的存在,会导致其他记者,尤其是独立记者很难进入该机构采访,所以后文月见里碧也要在印南先生的帮助下,和记者俱乐部的大记者取得联系,获得默许,才能顺利地采访到警察。

也并不是零。不用说，警察更倾向于这个方向的猜测。换言之，根据情况，或许也不能就这么放过那个男的。

"唉。"问到这里，我忍不住暗暗叹了口气。

前面我能描述得那么细致，便是多亏了我在这时听到的详细讲述。这多亏了那位意外被强行送来做证的陌生青年，更重要的是，多亏了印南先生。

不过，要是他知道我像情景再现剧那样，发挥想象力将之纤毫毕现地描述出来，说不定会提醒我说："这样是不行的哟。"

无论如何，对这个事件了解得越多，的确越让人来气。而随着我深入了解，不知为何，我开始感觉到非常悲哀。

一位女性过着普通的生活，努力地工作，只是想独自将新生命迎接到这个世界上，为何就必须遭受那样的侮辱，好好的人生被迫中断……这究竟是为什么？

还有另一件让人意想不到的事。

据说，美崎琴绘女士生前曾经被人跟踪——尽管还不能断定是跟踪狂，总之那个如影子一般跟踪她的人，令她烦恼不已。

"毕竟是个不折不扣的大美女嘛……漂亮女人总是会碰到这种麻烦，无论是在'跟踪狂'这个词诞生之前，还是现在，都是一样。哎呀，不好意思，毕竟您也是位美女嘛，可要多加小心哦。"

不愧是位资深刑警，他大概发现自己那段关于美女如何如何的发言可能涉嫌性别歧视，便立即补充了一段对我的赞美。

可是这样反而更容易被当成性别歧视了。看到年轻部下这样的眼神："哎？这样吗？"他一边笑着回答，一边挠了挠头。

"哎呀，总之，这个回头再说吧。"刑警继续说道，"不用管那个疑似跟踪狂的人是否存在，这跟这次的案子没什么关系啦。美崎琴绘身边的乘客，我们都调查过了，他们和她没有任何关系。换言之，他们只是偶然被牵连进来，和这回的事完全无关，就是这样。"

"这样啊……"我如此回答道，只能选择接受了，"那个，我还有一个问题……"

问完想问的问题，我本打算离开派出所，但还是去了趟记者俱乐部。有一位承印南先生引见的某驻警察机关的新闻记者，我想去打个招呼。

"还是帮上了点忙啊……这样啊，那就好。"

和他那一行常见的妄自尊大者不同，这位记者先生对我这样的自由职业者没有丝毫的偏见或敌意。

"毕竟对我们这种人来说，无论怎样，每天送来的资料最后多半会变成右手进、左手出。要是遇上想仔细处理的内容，也会很羡慕你们这种全凭喜好盯调查对象的人啊。而且老实说，像我们社内，也有不少老人表示：'孕妇就不该坐什么满员电车。说到底，还不是因为干太多了累死的，这也是自作自受啦。'啊不，这倒也没什么。"记者先生颇不自然地清了清嗓子，然后仿佛突然想到了什么似的，继续道，"印南先生最近怎么样？还是什么事都那么拼吗？"

"您说的拼是指？对哦，您跟印南先生是老朋友吧？"

"嗯……对了，他哥哥去世的事，你知道吧？"

"嗯，大概知道一点……不过具体是什么样的人就……"

始料未及的话题，让我吃了一惊。

"这样啊。作为弟弟的他从小就展现出了音乐才能，而且还是小提琴方面的。他哥哥也是个艺术家苗子，只是因为文化课真的学得很好，所以就选择了更实在的人生道路。然而，那却是魑魅魍魉远比艺术世界更为横行的世界……"

话题正进行到这里的时候，一位还是学生模样的年轻记者突然神色大变起来。他一边紧紧抓住不久前刚打进来的电话，一边写好了张字条。

记者先生从年纪与他儿子相仿的年轻记者手里接过字条，快速扫了一眼，脸色明显发生了变化。

"嗯……好……走。马上。"他用快到听不清的语速发出指示，然后转头看向我，脸上是和方才截然不同的严肃表情，"没想到你正在调查的这个案子变得严重起来了。话是这么说，其实我也早有些预感……"

"严重起来了？发生什么事了吗？难、难道说……"

我脑中有某种东西闪现。

"可能就是你猜的那样。"记者先生轻轻地点了点头，"那个白领……就是间接导致美崎琴绘女士身亡的那个男的，好像跳楼了。"

"这……竟然跳楼……也就是自杀了?"

虽然我如此答道,但是我心里也感觉有块石头咚地落了地。心中的某个我对一个男人的死表示了认可。不如说,我甚至对这样的进展暗暗期待。这样的自己不禁让我毛骨悚然。

"这倒还不清楚。"记者先生摇了摇头,"总之,我们现在马上要赶到现场去……你怎么说?可能的话,要不要一起去?"

"好啊,可是……"

关于之前的问题,我只能将到嘴边的话又咽了回去。

第9章

最后，我还是跟他们一起去采访了。

毕竟，碰上突发事件，还和自己正在追查的案子有关，没有任何记者会拒绝跟进吧？

虽然我只是一介写作者，但是对于美崎琴绘女士，以及与她相关的诸人的死亡，我有着不输任何记者的执着与使命感。

不过，我毕竟还不习惯这种情况，所以心里会想：要是看到尸体的时候晕倒了可怎么办……

我把这种担心暗暗藏在心里，坐着那位新闻记者先生的车赶往了现场。

我们大概一小时后就抵达了目的地。那是一家建在某半山腰的疗养院。若不是孤零零地建在这种地方，这栋朴素平凡的建筑看上去也只是待售的住宅楼。

"那个男的是被迫到这里来的。他们公司一开始也觉得不是什么大事；毕竟他没有直接动手，别说判什么罪了，连实名报道都没上嘛。但这件事在网上成了热门话题。从公司的名字到直属上司乃至其家庭成员的个人信息，都被人曝光了。对公司业务造成影响的电话和邮件攻击也蜂拥而至。

"从对那位女士的死亡并没有进行深刻反省的公司方面来说，这下再也没法包庇他了，只好强行让他休息，并把他送到这里来。换句话说，这里与其说是疗养院，不如说是个面壁思过的地方。"记者先生似乎一脸阴沉地说道。

"这样啊……"我心中不禁感觉到一阵寒意。那人只是在电车上被一位年轻女士抢了座位就勃然大怒。虽然不知道那是怎样的名企，但他光是想到自己是其一员就沾沾自喜，最后落得这般田地，这实在是让人感到悲哀。

还不止如此……

"事发现场好像在那边。"

记者先生和貌似是当地派出所派来的警官交谈了几句后，冲我招了招手。

要上了吗？我一边暗下决心，一边跟在他身后走了过去。那是在旅馆背后的一处庭院。虽然叫庭院，但其实跟空地没什么两样，只是这里并非一无所有，山间绿荫掩映的溪谷可以一览无余。

庭院里没有外置灯光，因此只要将疗养院大楼里的照明设备切断，这里必定会陷入一片漆黑。

徒有形式的围栏对面，岩石颓然崩塌跌入山谷。十几米之下的岩场上，河水撞出白色泡沫。飞流在山中驱驰。

这是在日本随处可见的山中风景。然而，此刻这里成了一个有点特殊的地方。一个被半强制地送到这里的男子，忽然消失得无影无踪，而后被人在下面的岩场上发现，脸朝下趴在地上。

"这里也算有个管理员，负责照顾在这里生活的人。据说当事人从事发前一天的晚饭以后，就不见人影了。当然，这本身算不上什么问题，可是到了第二天早上他还是没出现。因为当事人那阵子陷入了相当严重的抑郁状态，周围的人也都知道，所以就没法不当回事了。大家到处找了一下，然后就发现他坠落在那边了。"当地派出所警官的语气格外平淡，为我们解说着事情的来龙去脉。

"是自杀了吗？"

听到我脱口而出的问题，警官露出一副"这人是谁"的疑惑表情，待到记者先生用目光催促他，才答道："嗯……这个还不太清楚。不过，至少围栏上没有疑似脚被绊住留下的痕迹，而且从那里到地面之间也没什么被踩踏的痕迹。尽管如此，我们也没法断言不是失足跌落的。"

这些话是什么意思呢？就是说，当事人因为晚上太暗，没看清围栏周边的情况，导致脚下一滑——这类痕迹是没有的。所以他们认为当事人是主动跨过围栏跳下山崖的，这也不无道理。尽管如此，前面所说的可能性也不能排除。就是这个意思。

"换句话说，事故还是自杀尚不清楚。"记者先生代替我回答道。

"就是这样。"

"那么他杀的可能性呢?"我连珠炮似的追问,倒让在一旁听着的自己吓了一跳。

"这个嘛……老实说,现阶段我们还没怎么考虑这个方向。虽说没有打斗的痕迹,不过要是凶手成功把对手制伏了,再把一个大活人扔下去,这也不是不可能……不过,你认为可能是他杀,有什么理由吗?"当地派出所的警官装糊涂反问道。

"这个嘛,在别的辖区也有一些事……"记者先生别有深意地说道。然而,领会他暗中所指之人的却是我。

这是一种应被考虑在内,结果却被排除在外的可能性。

美崎琴绘女士那样死去,曾经爱着她的人,或许就是她腹中小生命的父亲,肯定无法压抑心中的怒火吧。

这么一想,在这里发生的跌落山谷的所谓事故或自杀,会不会是某人一手设计的杀人案呢?

等等,如果是这样,那么在这之前发生的奇幻映画社制作经理阿形淳之的死,又真的仅仅是事故吗?如果说让他痛苦不堪、饱受折磨的,是美崎琴绘女士的不幸身亡,是不是也说得通呢?

奇幻映画社强迫她接受不合理的过度劳动,所以向制作经理阿形问难似乎也毫不奇怪。不过,这件事和那个白领找碴儿的事之间实在缺乏关联,所以这么想还是有点牵强……

不不不,等一下。其实,美崎琴绘女士的死本身也是疑点重重。虽然白领对她口吐恶言,但并没有证据表明他对她动了手,而且她所承受的"某种冲击"究竟是什么也还不清楚。

如果她的死也是某人有意为之的，也就是他杀呢？这样一来，当然就有一个凶手。而此人和为其他被害者引来死神的是不是同一个人，就成了问题。

如果是同一个人，那他又是谁呢？动机又是什么呢？当然了，这两个问题的答案，也并非马上就能想到的。

只是，当我想到这三人的死亡背后"具有他杀的可能性"，不管我愿不愿意，都有另一种联想在我脑海中萌生。

那么他……矶岛健太的真实死因，又是什么呢？如果说，他的死不是过失导致的事故，而是某人有意设计的他杀呢？

"嗯？怎么了？是不是讨论生啊死啊的，让你感觉不太舒服？"记者先生的声音让我回过神来。当地派出所的警官也一脸惊讶地看着我。

虽然这话没什么恶意，但也不能说完全不包含下意识轻视我的男性视角。这和美崎琴绘女士在电车上所遇到的，以及每天到处都在发生的只有程度差别的性骚扰，在某些方面是共通的。

所以，我当即就回答了他们。虽然有点对不住他们两位之前对我的各种照应，但我还是怀着各种复杂的心情，对他们如此说道："不，我完全没这种想法……只是，明明发生了这么大的事，亲朋好友却连个人影都见不着，男权社会啊，真遇到点事的时候可真是冷漠啊！"

第10章

为了汇报此事，我回了趟办公室，却发现印南先生不在。

也是。毕竟他有自己的工作，也有要跟的选题。再说，他又不是我的指导老师或其他什么，只是偶尔帮我出出主意而已。

而且，哪怕他在，想必天真如我，也不一定能把该问的问出口：您对美崎琴绘这个人，除了对其作为有才华的创作者有兴趣，是不是也被她的魅力吸引了呢？

先有了美崎琴绘女士的死，他才开始关注不久之后制作经理阿形的死，也因此，才和矶岛健太事故导致的死亡产生了联系。

那么，对于作为一切源头的她，他又有着怎样的想法呢？

她腹中孩子的父亲不是印南先生，这一点我是知道的。所以，他就算有什么想法，可能也只能作罢。然而，他断了念头，把目光从她身上移开，却导致了那场悲剧——他会不会有这样自责的想法呢？

可说归说，这些不过是我的胡思乱想而已。至于这胡思乱想是真是假，至少现在的我没有直接去问的勇气。

既然没有机会向印南先生汇报，我便着手准备去见两个人。首先要见的，当然就是——

"啊不，说白了，其实只是因为他当时态度太嚣张了，让我很恼火。即使遇到那种情况，也要极力避免被卷入——这是我自年轻的时候起就深深烙印在身上的习惯，结果我还是没忍住开了口。正义感？不不，虽然这么说好听，但可能只是因为上了岁数耐性变差了而已。"在电车中向美崎琴绘女士伸出援手的那位绅士说道。说话间，可以感受到他身上的知性之光，以及柔软地包裹着知性的幽默感。

在事发当时，他不仅报上了姓名和职业，还积极地协助运送美崎琴绘女士并配合警察的调查。只是从他的立场来说，即使是做好事，这些信息一旦传开，也可能引发某些问题。他连兴趣爱好都不能公开，这也实在是无奈之事。

采访一直在平静中进行，然而一谈及美崎琴绘女士之死，绅士那张被岁月和职务刻下沟壑的脸便会痛苦地扭曲起来。

"那位女士实在是太可惜了。不如说，实在是想不到……毕竟，当时离她最近的人就是我。然而，到底发生了什么，无论是当时还是现在，我都完全不清楚。只不过……"

"只不过？"我不禁探出了身子。

"只不过，当时的确有某种力量传递到了我身上。当时我觉得可能是电车的震动，或者是乘客们出于某种原因突然动了起来而引发的冲撞。不过现在想起来，似乎是通过那位姓美崎的女士的身体传过来的……如果真是这样，那可能就是什么人趁着混乱之际，对她施加暴力后产生的余波了。不好意思，我能说的只有这些。除此之外，我无论如何都想不起来了。实在是不好意思。"

"没有没有。"我忙摆了摆手。

在那之后，我就这位绅士的工作，以及其积累至今的职业生涯询问了一些问题。这些嘛，相当于回答了不太舒服的问题后的一种回报，和采访并没有直接关系。

然而，实际上一打听，却发现尽是让不做功课的我也震惊的事。"哎？是这样吗？""您还负责过这样的案子啊？""为什么会有这样的调动呢？"这些妥帖的附和，甚至也多半出自真心。

"哎呀，所以自被任用以来，我就一心在这条道上，一直走到了今天……总之，那天的事，实在是让人难忘。正好在那一天，我一直特别关注的一个案子有了转机。您应该听说过吧？叫'七濑案'，有一阵子还挺受关注的……"当采访终于落入老生常谈，即将迎来终点的时候，那位绅士忽然换上了一副感慨颇深的表情说道。

不巧的是，对于那个什么案，我其实不太知道，所以我稍微附和了几句就告辞了……只是不知为何，心里总感觉有些疙瘩。

我总感觉，那个我并不清楚的案子，似乎在哪里听说过。

第 11 章

那片住宅区一样的建筑群到底是几十年前建的。多年的风吹日晒，已使它变得黑黢黢的。在这淅淅沥沥的雨天，它仿佛要融入铅色的天空中。

脚下很不好走，雨具也很占手，为了让装伴手礼的手提袋不被淋湿，我不得不绷紧神经。

没有比在这种时候徘徊在未知场所更令人讨厌的了。

更何况，这里还是大学校园。最糟的是，在这大得毫无必要的校园里，错综复杂地林立着的，净是些看上去差不多的建筑。只要一条路走错，在回到正确位置之前，真的只能毫无意义地浪费时间。

然而，这反而让我脚下比以往更加充满力量。即使一脚踩到水坑里，鞋子里头湿透的袜子让人难受，我也觉得无所谓。

当然，我心里也并不觉得欣喜。毋宁说，恰恰相反。

某种暧昧不明的不安袭上了我的心头。那是注意到某种奇妙的巧合而引发的不安。

离开那位绅士启程回来的时候，我想起我们忽然谈起的那件"一直特别关注的一个案子"。那个案子不就是矶岛健太擅自把奇幻映画社的车开出来的那天，车内广播的新闻讲的案子吗？

我在网上搜索了一下，查了一下"七濑案"是何时宣布二审的，因为嫌疑人一直声称自己无罪，所以人们觉得可能是冤案。我马上就找到了。

接着，我根据自己的记忆和记录，推断出我和健太那样见面是在哪一天。这件事竟然意外地费劲，不过，依据自己博客的记载，还有塞在必要经费袋里小票上的日期，我还是准确地推断了出来。

总之，结论就是，两者的日期相同。

在奇幻映画社阶段性地完成了某个项目后，助理矶岛健太开着公司的面包车出现在我面前；同一天，视频创作者美崎琴绘女士在电车上遭到骚扰，并且最终死亡。

这两者之间有什么联系吗？如果有的话，那么矶岛健太的死和其他诸位的死是否有关？

如果有关，那么我像记者先生在那个疗养院时一样，追问一句"他杀的可能性"，答案又是怎样的呢？只要是他杀，那么就必须有"凶手"……

如果凶手存在，并且他的罪行其实有四桩的话，那么他就称得上是一个"连环杀手"。可是，推导出这一结果的尸体之间，似乎并没有什么共同点。它们看似有所关联，却又没有关联。

如果大胆假想一下"凶手",那么他应该算作"非连环杀手"吧。正这么想着,我终于到达了此行的目的地——研究室。

某一事件的重要目击者,应该就在这里。

"哎?你问他呀?他现在……去哪儿了来着?您稍等,我问一下。"

这个空间让人想起初中或者高中的某个理科准备室,令人怀念。当然,书架上塞满的专业书、堆满了研究材料的桌子,以及不知作何用的仪器,都是那时的理科爱好者聚集地所完全不能比的。但我总觉得有什么相通的地方。

可能是因为现在留在研究室里似大学生、研究生,又似助教——总之看不出区别——的人们身上散发的气息,也可能是因为雨水打湿破旧窗户的模样。

"啊,喂,是我……现在有个客人在研究室,说是想见草哥,但他好像不在……"

一个我不知道身份的人,正在往某个地方打电话。所谓"草哥",想必是那个人的昵称,但我不太能理解为何这么叫。

我从带来的手提袋里掏出点心盒来,随着"哇"的一声,研究室里的男男女女立刻围了过来。正是因为预想到了可能会遇到这种情况,我才狠下心买了最大、最贵的那盒。看来真是买对了。

似乎正好是大家比较有空的时候,顺便胃袋也有了

"空"。大家把点心盒放在一个看似是做实验用的小推车上，代替桌子，然后在那种随处可见的玻璃杯和纸杯里倒上了茶，开始聊起了天。

知道我是个写作者后，男生们热烈地讨论起了各种各样的知识，以及我正在调查的选题；女生们在这一点上也一样，不过在敏锐地发现了我的肚子之后，便问起我在这种状态下是如何兼顾工作的。

奇怪的是，男生们竟莫名沮丧起来。总之，经过如此这般之后，我和黎明大学理学部植物学研究室的成员迅速打成一片，围绕那位不在场的人物，打听到了很多消息。

"草哥这个人，外表看上去很有主见，基本上也的确是个文雅稳重的人，只是在金钱方面格外严格。唔，跟大手大脚比，这样当然更好了，而且他好像有我们没有的苦衷，所以也是没办法吧。"

"苦衷啊，就是那件事吧？据说他的父母和亲戚，连带整个镇子都被弄得很惨……"

"是啊，选举的时候，镇上的居民亲手做了便当，送去给新晋候选人以表示支持，结果被说成是违法行为，还把普通的老爷爷、老奶奶抓进去关了好长时间……结果到最后，所有人都被判无罪。"

"但是，关于那件事，他的态度也很刻薄。还说：'这都是因为市井老百姓妄想干涉政治，傲慢地想让世界变得更好之类的。结果报应来了，连我爸妈和亲戚都跟着栽了，真是活该。不过托他们的福，我来钱的路子断了，就是这件事太可气了。'"

"真不愧是草哥，你这么一说……"

交谈刚进行到这里，方才打电话的人的手机响了。那人把吃到一半的点心放下，回应了几句："好的，好的，哦……知道了。"然后很快就拿着手机，回到了围绕着小推车的人群中，说："那个……月见里碧女士，是吧？咱们正在聊的这个家伙，好像哪儿都找不见人呢。"

"啊，这样……"我回答道。

我本想努力回答得冷静克制，但恐怕还是表露出了沮丧。研究室的各位纷纷向我投以安慰：

"哎呀，我想他过阵子就会突然露脸的，到时候我们就跟他说你的事。"

"那家伙也是个来无影去无踪的人。你看，上次不也是这样，不知道什么时候就没影儿了，结果说'得到一个关于海滨柳穿鱼的珍稀植被情报，就跑去看看了'。"

"对对对。好像是打算当天往返，去了某个岛上，结果回不来了，搞得很惨——说的大概是这个意思。"

"我记得那岛还有个别称叫'日本的什么玩意儿山'。这事应该有段时间了吧？"打电话的那个人说完这句，重新转向我说道，"总之就是这样，估计他不知道什么时候就会现身。到时我们再让他联系您吧。"

"那就麻烦你们了，谢谢，不好意思，跟你们打听了这么多事。"

我发自内心地对这个人表达了谢意,又跟研究室里的各位闲聊了一会儿,之后就离开了雨后初霁的黎明大学校园。

"那么就麻烦你们带个话给草哥……啊不是,青冢草太朗先生……就说,我非常希望近期有机会跟他谈谈。"

我最后留下了这句话。

第 12 章

青冢草太朗——他就是继那位绅士之后，我想去见一见的人。

他是为美崎琴绘女士之死提供了重要证言的人。可以说，那位白领在这件事上被证明无辜，也正是拜其所赐。

他和犹豫退却、蒙混过关，最后逃离现场的其他乘客不同，非常有担当地尽到了市民的义务——虽然很想给他这样的评价，但事实似乎并非这样简单。

我再次去采访了车站工作人员，结果发现，当时还发生过这样的情况：

当时，车站工作人员正在现场维持混乱人群的秩序，突然，有一位看上去像是事故车辆乘客的人走了过来，把一枚黄铜色的东西一下子塞进了工作人员手里。

工作人员吃了一惊，定睛一看，原来是枚徽章，而且和某知名公司的标志是一样的。

这个是？看到工作人员一脸疑惑，那个男人说道："是那个家伙偷偷从衣襟上扯下来扔掉的员工徽章。大概是他公司的东西吧。"

"十分感谢！"车站工作人员说完转身要走，突然又被那个人叫住了。

"啊，还有……关于那个白领的说辞是不是真的，以及现场客观上到底发生了什么，我想那个人应该可以提供详细的证词吧。你看，就是那边那个穿着格子衬衫、戴眼镜的年轻人。啊！警察先生，正好你来了，快抓住那个人问问话！"他一边说着，一边隔着月台上的人山人海指向某个角落。

碰巧路过的警官听了他的话，便朝那位青年走了过去。他是这样才作为本案的目击者被公开记录了，连我也知道了他的姓名。

但是，这一情况越想越让人觉得奇怪。那个说完就消失无踪的人是谁？他为什么要那样做？事到如今，这一切仍包裹在谜团中。

我想知道答案，也想再详细了解一下当日的情况……但看来，个中缘由已经跟那盒点心的钱一起打了水漂。

第13章

"原来还有这样的事……啊不,你都一个人跑了这么多事了,这期间我都没能和你商量一下,真是不好意思。"

一如既往的办公室,一如既往的工位。印南先生也还是一如既往的动作,脑袋轻轻一转,安慰着我。

我把之前的一系列调查结果都报告完毕后,才忽然意识到,今天周围的人比往常要嘈杂许多。

"那个,是出了什么事吗?"

听了我的问题后,印南先生脸上略显出一丝苦色,道:"唉,我也是回来之后才听说的,他们好像在郊外的废弃工厂里,发现了一具怪模怪样的尸体。而且有迹象表明,尸体被用了多种药物……"

原来如此,那也就怪不得擅长写案件报道的作者们都那么紧张激动了。不过,这到底不太像是日本的案子,而且实在不是我等能负责的级别。想到这里,我叹了口气。

就在这时,办公室角落里那台一直自顾自播放着的电视机的画面进入了我的视野。

虽然因为距离远，照片小如黄豆粒，但我还是把它拉到了最大，连字幕上出现的姓名字样，也看得一清二楚。

那个人……被杀了？！

对我来说，这简直是无法理解的巨大冲击。

新闻上宣告了那位年长绅士的死亡信息。就是我特地远道去拜访的那位先生。

他一如我当时所见，儒雅知性；同时，又如我们所熟知的面对美崎琴绘女士那件事时那样，隐藏着敢于直面卑劣之恶的强大和正义感。然而，他死了，而且既不是因为出了事故，也不是因为疾病，而是被人杀害！

新闻转眼间就结束了，我急忙打开自己的电脑，搜索起新闻网站。过了一会儿，我从电脑屏幕上抬起了脸。想必当时的我，脸上一定是同事们在那以前从未见过的异样表情。

"……小月见？"

听见印南先生一脸讶异叫了我一声，我用前所未有的亢奋而颤抖的声音说："有个地方，我无论如何都要去。不对，我现在就要去。因为……因为不管出于什么理由，竟然杀害了那么优秀的人，这是绝对不允许的！"

又增加了一具尸体。可是，它到底意味着什么？和其他人又有什么关联？我越来越不清楚了。但我还是想做点什么，想知道真相，以及，最重要的是，我要想办法查明——无论是那位完全不见踪影的不祥非连环杀手，还是他的真实意图。

待我忽然回过神来，往四下一看，才发现似乎除了我，并没有人关心这个人的死。

不过，对于那位让大家都紧张兮兮的死者，我也没有留意分毫，所以我们也算半斤八两吧。

我也不知道这样做到底对不对。无论如何，我选择了急急忙忙地赶往了一具尸体所在的地方，而把另一具尸体远远抛在了身后……

而另外一具尸体，此刻倒在废弃工厂的角落里，一如旁边倒着的布满灰尘、锈迹斑斑的器材。

他那扭曲的脸仿佛仍在呼喊着什么。然而，别说是呼救了，他连表达痛苦的喘息都无法呼出一口。

尸体的一旁奇怪地散落着两样粗糙的器材。其中一样是喷雾器，另一样则是注射器——两样东西看上去几乎空空如也，然而只要鉴定科或者科学搜查研究所帮帮忙，里头装了什么，想必很快就会知道了。

喷雾器里头是以前当麻醉药用的乙醚。注射器里头是戊硫代巴比妥。顺带一提，现在还有不少人在说，这种药品可以当成自白剂用。

先用乙醚喷雾让人睡着，然后将其绑架到这里，再注射自白剂吗？不知凶手做到这个地步是为了打听什么。不过，至少为了尸体的身份和姓名，似乎没必要如此。

理由是，也许是因为凶手的疏忽，在混凝土浇筑而成的地面，有一个被火烧过却没烧干净的身份证一样的东西。在那上面，有一张和尸体表情相差甚远，容貌却是一模一样的大头照，旁边勉强可以读出这些字样：

> 黎明大学理学部植物学研究室
> 青冢草太朗

于是，无论是谁，都永远也不可能再跟他见面了。

给读者的邀请函

那么,这本《隐身的复仇者》中所包含的两个故事之一——《非连环杀手》,大家已经读完了。对于读到这里的读者,以下是作者的提问:

你是否已经读过另一个故事《被审判的法官》,并且看到了和此处同样的段落呢?

如果还没有,请接着阅读《被审判的法官》。如果已经读完了……请就此打开封纸,继续朝《解谜篇》的故事进发吧。

请继续享用《隐身的复仇者》。

芦边拓

解谜篇

I

森江春策正在思考。和昨天晚上一样,他躺在被分配房间的床上,一边任视线恍惚地游移着,一边思考着。

和昨天晚上不同的是,他的门紧闭着,所以他不知道走廊那边会有谁经过。不过,只有这样,他才能进行更深入的思考,这也是事实。

然而,不管怎么思考,想不出答案也是毫无办法。不,其实想出来了。

只是,如果答案是"凶手不在这里",恐怕没有任何人能接受吧。

而且这样的话,负责这个案子的狮子堂警部补也就无法发挥作用了。虽然是发生在封闭空间的案件,即使看起来比以往简单,但在棘手程度上却也绝不逊色一分。

那该怎么办呢?森江正这么想着,忽然记起了一件奇怪的事。

森江有个朋友是侦探小说家,那人认识的一位上方说书先生有段时间在借鉴"侦探评书"进行创作。森江想到的就是围绕那些"侦探评书"发生的逸事。

明治时代以真实犯罪案件或外国小说为蓝本积极创作的节目，在二十一世纪重获生命后，竟给观众带来了意想不到的冲击。

这是因为，一些被现代人不知从何时起就认为理所应当的规则，在那些节目中被轻易地无视了。

比方说，凶手必须按照相应的步骤被逮捕，侦探不能太依赖偶然因素或者运气。不过，毕竟此一时彼一时，这也是没办法的事。

然而，还有比这更大的分歧点。人们意识到，原来那个大家默认绝对要遵守的规则，实际上没有任何依据。那个规则就是……

可是该不会……森江独自摇了摇头，也不能沿用那个办法。那样当然就帮不上狮子堂先生的忙了。而且那样的解决办法，友香怎么都不可能接受吧……

虽说他也不太明白，为什么一定要让自己的助手兼秘书接受。总之，可以确定的是，这个案子对他来说是前所未有的奇案，而且给出解决办法，或者更应该说是给出解答的方法并不容易。

森江春策从床上坐起上半身，抱住了肩膀。

这时，响起了敲门声。

*

堂堂芝昌平正生着气。他像笼中的熊一样，在自己的客房里走来走去。

可恶，凭啥我非得摊上这种事啊！本来以为是当天往返，留宿一晚已经够出乎意料了，再这么下去，怕是要再住一夜了啊。当然，那个千千岩征威虽说是我们全家憎恨的人，可是他死了，我也不是多少没点同情；再说，作为善良的市民，我也应该不遗余力地协助调查。可至少先出了这个岛再说行不行啊！店里那边也不能老是扔着不管啊！唉，烦死了，烦死了……

他攥紧的拳头嘎吱作响，同时不厌其烦地在屋子里踱来踱去。

据说各家媒体听说了"悬梁法官"被杀的消息后，已经蜂拥到对岸，正摩拳擦掌，打算对我们几个进行采访，如果有机会还想把照片放在一起搞个《凶手是谁》的节目。

没办法，只好把连接陆地和小岛的通路封锁住，也就是说，其实是把自己给封住了。在安排其他离岛方法之前，请耐心等待。既然警方如此要求，我也就只好躲起来闭门思过了。

总之，他们若再不赶紧想点办法，我这边也快不行了。唉！就因为上了"食用唱片"的钩，就沦落到了这步田地，看来兴趣爱好也得适可而止啊！

只有最后这一段，嘀咕的不是真心话。

这时，响起了敲门声。

*

门胁梓正端坐在她的房间里。

哎呀，没办法呀没办法。毕竟是那个"悬梁法官"死了，我自然也会惹上这些麻烦，这也算所谓的有瓜葛……不过，就算只死了一个人，北都市也不可能再恢复原样了；整个国家的能源政策，以及司法人员对他们的阿谀奉承，也是不可能改变的。这一点倒是蛮让人遗憾的……

她娇滴滴地做了个歪头的动作，若是在相亲或其他派对上，这神情一定会引来参加者的瞩目。

说起来，杀了千千岩的凶手到底是谁呀？要我说，肯定是那个呆头呆脑的律师——哎呀！

这时，响起了敲门声。

*

在宇津木香也子的房间里，她正衣衫不整地坐在床上。

在异样的安静之中，那位如古代故事里的家庭教师或者宿舍管理员一般正直谨慎的女士，此刻却难得大胆地裸露着上半身。

她露出雪白的胸部，在胸口的刀痕上用某种特殊的粉底膏将其涂抹淡化。她已经很习惯这一系列动作了，即使用因被同一凶手弄伤而软弱无力的手，也没有任何问题。

做这件事时，无论她是否愿意，都不得不直视丑陋的自己。不过，到如今也只剩下淡淡的情绪而已。

说起来……香也子忽然停住手，忍不住思考起来。她一边盯着沾了遮瑕涂料的指尖，一边想道：那个千千岩征威，不能被我亲手杀掉，真是有点可惜……真的好可惜，但也实在是没办法。至少祈祷凶手先生平安无事吧。希望他能够逃过这愚蠢又瞎眼的法律之手，安然无恙地逃之夭夭……

这时，响起了敲门声。

*

而在青冢草太朗的房间里——

我的天哪！我的天哪！我的天哪！再这么下去，我说不定就要变成跟自己毫无关系的杀人案的凶手了。本来看到来岛上的邀请函时，还想着是个休养身体、顺便逃避工作的好机会呢，这真是太荒唐了……

这个人影正在懊恼不已：只见他双手抱头，挂在鹅蛋脸上的眼镜像某早间电视节目的喜剧演员一样滑落下来。

真是的，这个青冢草太朗，不知道该说是蠢货，还是运气太差，所作所为都一塌糊涂，亏得他这样都能活到今天。但是，我岂能屈服于这种命运？

他重新下定了决心。

这时，响起了敲门声。

II

我终于来到了这里,这个可以解开我亲近的人及许多相关的人死亡谜题的地方。

在一辆随处可见、每天要跑无数趟的通勤电车中所发生的那场悲剧,还有由此引发的那些可爱或可唾弃之人的死。

我一路追寻,没想到竟会跑到这种地方来。

然而,终于到时候了。这正是查明真相、揭露凶手的时刻。

我敲了敲门,慢慢地将其推开。

III

昏暗之中，有什么在动。

此人——这个既是凶手却也绝对不是凶手的人物，徐徐地抬起了头。

真是万万想不到。竟然会在这里和此人相遇！

然而，比这更让人想不到的是，无论如何都要在这里杀死这个人。

为了封口？当然也有这个原因。

但是，还有一个更大的原因，让人不得不痛下杀手。因为按照此前的规则，不管怎样都不能容许这个人活下去。

真奇怪，对方竟好像完全没注意到这件事。他大概一心认为自己是追逐猎物的角色，所以完全没发现自己成了目标。

而且，那家伙终于来了。

既是凶手却也绝对不是凶手的人物，与那个一无所知便来到这里的人不痛不痒地聊了几句，并且始终出色地把场面应付了过去。

如果考虑自身的安全，并且稍微发发善心，或许就这么放人平安回去也不错。

然而，这是不可以的。而且，从此前不多的经验来看，即使在熙熙攘攘中，凶手也会毫不犹豫地痛下杀手，并且有神不知鬼不觉地把事情搞定的自信。

不是凶手的凶手慢慢地靠近了对手。

没错，就跟之前一样。没什么好怕的。只要瞅准对方的空当，必要的话，稍稍用点药让对方睡着，然后就是在背后猛然一推——

然而下一秒，刺眼的光芒射进了不是凶手的凶手的眼睛。

"住手。"

"把手从那个人身上拿开！"

一个接一个声音响起。什么！"凶手"表现出抵抗的姿势，然而，瞬间从四面八方冲上来一群男人，轻轻松松地把"凶手"按在了地上。

这是太阳将落未落时月琴亭旅馆的屋顶，也就是"悬梁法官"千千岩征威被伪装成推落致死的地点。

那个"凶手"还在拼命地试图抵抗，同时死死地盯着压住自己的男人们。

那是在同一个屋檐下共度了两天一夜的堂堂芝昌平、叫森江春策的律师，还有今天早上刚到的一脸严厉的老刑警及其部下。

在稍远处注视着的，是同样住在一起的两位女士——门胁梓和宇津木香也子。哎呀，差点忘了最关键的一个人。

这位女士同样是今天才来，简直是为了被杀而来。对了，名字叫什么来着？

"没事吧，月见里（Tsukimisato）女士……啊不对，又说错了。您的名字写作'月见里'，读作'Yamanashi'，'碧'不是读作'Midori'，而是读作'Aoi'，是吧？"森江春策一边把制伏凶手的活儿交接给急忙赶来的众警官，一边说道。

"你说什么？"看样子还想一展身手的狮子堂警部补说道。

"狮子堂先生，能让我看一眼刚才她给您的名片吗？"

"啊？这个吗？"听森江这么一说，狮子堂警部补从口袋里捏出了一张卡片。只见正面写着：

INA 通讯社 / 作者 & 记者
月见里 碧

以上文字和刚刚他没太看到的工作地点、职业等信息一并印在上面。翻到背面一看：

Independent News Agency / writer & reporter
Aoi Yamanashi

以上英文清楚地表明了其姓名的读法。狮子堂警部补看到这里，便略显狼狈地说道："哎呀，太不好意思了。我还以为就是照着读的呢……所以说日语很难啊。"

森江把名片还给他后，便把视线转向了刚刚被逮捕的那个人。

"还有……青冢草太朗先生，你为什么要把她引诱到这里，还袭击她？这件事，你可得细细地交代啊。"

稍早的时候，敲响了森江春策房门的就是这位女士，也就是月见里碧。

隶属于"INA通讯社"的她来到森江的房间，向他说明了此前的事件脉络，同时也商量了一下之后的事情。

于是，森江去了除青冢草太朗之外的每个人的房间，以寻求他们的帮助。在此基础上，月见里碧假装要做采访，去了青冢的房间，结果对方提出要在屋顶见面。

他什么都没注意到，阿碧也按他说的做了。等他来到这里后，就突然猛扑过去，意图把她推下屋顶。

"青冢草太朗？呵呵，不好意思，我可不叫这个名字。不过，本来我也没打算向你们自报姓名。"

被警官们反剪着双臂提溜起来后，他——这个到刚才为止还是青冢草太朗的男人，表情和声音瞬间都变了。

"这、这是怎么回事？总之，这家伙应该就是杀害千千岩法官的凶手了吧……"狮子堂警部补瞪大眼睛说道。

"应该……不是他。"月见里碧说道。

"不是他？这是怎么回事？"狮子堂警部补的眼珠子越发

要掉出来一般。森江仿佛要安抚他，说道："恐怕……他是代替真正的青冢草太朗，来到这里的冒牌货吧。他虽然不是杀害千千岩法官的凶手，但估计也不是无辜的。不过，关于这一点，还是从月见里女士的口里说出来比较好。"

从这个人的口里？不只是狮子堂警部补，聚集在当场的所有人都齐齐地看向了月见里碧。

"好的……"月见里碧怯怯地答应着，然后仿佛马上就下定决心了一般，继续说道："这个男的虽然没有杀害千千岩法官本人，却对其他很多人下了手：电影制作公司奇幻映画社的制作经理；在电车上歧视孕妇，最后演变成对孕妇动粗事件的白领；以及隶属于黎明大学植物学研究所的真正的……"

"喂喂喂，没必要介绍得这么详细吧？"嘲笑声从假青冢草太朗的口中倾泻而出。

"那些家伙只用一句话介绍就行了，那些将我一直深爱、远远守护着的女人——美崎琴绘——逼迫到死的人渣！"

"给我带走！"狮子堂警部补低声催促道，于是这个男人就被带走了。

"也就是说，是这么回事，"森江春策对着呆若木鸡的人们说道，"现在有两个人物和事件都不相同的案子。如果说我们在这个岛上遇到的是A，而这位月见里女士被卷进其中的是B，那么就是B案子里的凶手误闯进了A世界里。那么，A案子的凶手究竟又在哪里呢？不过，我们还是先从案件调查——谁杀了千千岩法官——开始说起吧。"

IV

之后，一行人便移步去了月琴亭旅馆一楼的休息室。

森江春策看了一圈同住的堂堂芝、门胁、宇津木，又看了看月见里碧和狮子堂警部补等人，然后才慢慢地开了口："鉴于放在千千岩法官口袋里完好的煮鸡蛋，以及其他种种情况和迹象，我认为，他不是被人从这里的屋顶推落下去的，而是在外面被什么人殴打后，被假装成坠落致死的。这样一来，那个跑出旅馆后又返回的人，就不可能是千千岩法官本人。

"当时，堂堂芝先生、门胁梓女士、宇津木香也子女士，以及到刚刚为止还自称是青冢草太朗的人，也就是除我以外的全部客人都聚集在休息室里。当时……"森江边说边指着从休息室可以看到的通往二楼的楼梯，"如果从那里上去的是千千岩法官的冒牌货，那么除我以外，没有人可以做到。但绝对不可能是我，这一点也确定无疑。

"所以我才不得不做一番可笑的推理，提出会不会是通过使用升降机，把伪装成千千岩法官的人偶运上去，以此瞒过了各位的耳目的呢？然而，这套手法是不可能施行的。因为那台升降机根本就无法使用。

"那么，那个人到底是谁呢？答案只有一个。既不是我，也不是法官本人，当然也不是堂堂芝等人中的任何一个，只能是这个人。"

"不是任何人的这个人？你在说啥？"堂堂芝昌平马上挖苦道，狮子堂警部补狠狠地瞪了他一眼。

"也就是……明治时期的侦探评书啊。"

"侦探评书？你在说啥？"这回挖苦的换成了狮子堂警部补。

森江挠了挠头，说：

"抱歉打了个难懂的比方。是这样，我有一个侦探小说家朋友，他认识一位上方的说书先生，那人把过去有悬疑色彩的节目一个接一个地复活了，据说其中的一些还给现代观众带来了强烈的冲击和惊喜。因为经常到最后关头，**此前从未露面的人，突然被指认成了凶手**。从听众的角度来看，没有比这更让人意外的凶手了，但这也极其不公平。

"然而细细一想，这也是理所当然的。在现实世界中，凶手并不会那么凑巧出现在案子的明处，也并不必然会出现在相关人员面前。但是，我们不知不觉间竟开始笃定地认为这是理所应当的。如果在封闭空间里有六个人，那么我们完全不会去想，可能还有未知的人混在里面。

"问题是，或者说，让人实在难以开口的是，这起案子里发生的，的确就是这种无视规则的事。不过，这种规则也从未被正式地确定下来过啊。"

"那、那个家伙到底在哪儿啊？哪有他的藏身之处？"堂堂芝昌平大声喊叫道。

门胁梓也表示同意："是呀。这座岛只靠一条随着潮水涨落而时隐时现的单行道连着大陆，要想出入，就算不能说肯定，那也可能会被人注意到呀。那个家伙到底是怎样潜入这里的呢？"

"没错……而且就算能潜入，他到底又是怎样不被别人发现的呢？"宇津木香也子露出冰冷的笑。

狮子堂警部补咕噜一声咽了口唾沫，一边不声不响地环视了一下四周，一边道："还有，那家伙现在还在这里吗？啊，不，你继续说。"他慌忙摇了摇手。

"好的。"森江点了点头，"这里的确是一览无余的，我们大家被假邀请函召集到这里来，加上千千岩法官，一共六人，如果再有一个人想混进来，无论如何都不太可能。除非我们之中的某个人，充当了第七位来访者的挡箭牌，把其隐藏在自己的背后，这就另当别论了。"

"藏在挡箭牌背后——还挺有诗意的呢。"门胁梓嘲讽道，"说白了，不就类似于造出一个'透明人'嘛。也就是一个并非威尔斯[①]意义上而是切斯特顿[②]意义上的'隐身

[①] 赫伯特·乔治·威尔斯，英国著名科幻小说家，被称为"科幻小说界的莎士比亚"，其作品有《时间机器》《隐身人》等。
[②] 吉尔伯特·基思·切斯特顿，英国著名侦探小说家，"布朗神父"的创造者。

人'呢!"

"您看得很准。"森江轻轻地点了点头。

狮子堂警部补甩了甩头,仿佛不想被卷入他们的迷雾中一般,说道:"不知道你们在说什么,又是什么当挡箭牌,又是什么造透明人,还是希望您解释一下具体是怎么回事。"

"好的。"森江春策点了点头,道,"意思就是说,因为在场诸位中的某个人充当其挡箭牌,那个'隐身人'是通过不时化身为那个人物,才得以消除自己的存在痕迹的。"

"'在场诸位中的某个人',到底是哪个啊?要是那个啥透明人是凶手的话,那能给他当挡箭牌的就……毕竟那个千千岩不是跌落下来摔死的,而是被什么人逮住后,把脑袋往地上砸死的。要是这样的话,那无论如何都不是女人能犯下的罪行。没错吧,刑警先生?"堂堂芝昌平提高声音说道。

狮子堂警部补点了点头。"是啊,十有八九是男的干的。"他一边小露出几十年经验积累的威望,一边回答道。

"对吧?"堂堂芝昌平粗声粗气道,"那也就是说,要么是我,要么是森江先生你,只有这两个可能性了嘛。"

"要说男性,还有一个人呢。青冢草太朗——准确来说,是假冒这个名字的未知人物。"森江春策平静地回答道。

V

此处有一个男人。

这个人毫不特别,似乎轻易就能融入城市里每日熙熙攘攘的人群之中消失不见。

这个人,陷入了恋情。不过,这只是他单方面的一见钟情,对方甚至都不知道他这个人的存在,或者说,这正是他所期望的。

他时常在满员的电车中、在街角,搜寻着她的身影,远远地注视着。对他而言,这是唯一的乐趣。

跟踪狂?或许的确是如此,而且他自己也意识到了这一点。可是,对于是否要进一步接近她,他感到畏惧,而且心存克制。

很快,他得知她有一个住在远方的伴侣,或者说好像有,并且作为结果,她正孕育着新的生命。可即便如此,他也没有失望。他并不嫉妒,甚至献上了祝福。

得益于此,他也就不至于跨越危险的界限了。他甚至这样安慰自己。

可是有一天，她的身影忽然从他的眼前消失了。有时他会错过好几班电车，甚至曾经在月台上待了整整半天。他只希望能看看她的身影，然而那一次终究没有实现。

一段时间后他才知道，那段时间，她一直待在某个地方专心致志地埋头于工作。

然后，那一天，他和她重逢了。在拥挤闷热、肮脏邋遢的车厢中，他看到了精疲力竭的她。

他忽然想跟她打个招呼了。他想问她究竟发生了什么。然而，他意识到了那个禁止自己这样做的自己，他开始后悔为何之前没有稍微缩短一点彼此的距离，可事到如今，后悔也无济于事。

这之后，那起让人难以想象的事件，那场可恨的悲剧，发生了。

她只是在一个碰巧空了的座位上坐下，谁知却惹恼了一个心胸极其狭隘的白领。那个人开始找她的碴儿，大叫大嚷起来。

即便是他，这时也不可能再沉默了。他不断分开乘客，试图上前去救她，然而车内实在是人拥挤了，他迟迟无法到达她身边。

正在这时，一位绅士向她伸出了援手。那位绅士比他年纪大得多，看上去甚至有些孱弱，然而面对不断口出狂言的白领，绅士竟毫不退却，而是果敢地教训起了对方。

他做不到的事，却被那位绅士轻而易举地完成了，这让他感觉到了深深的挫败感。

就是这时，他近旁的某个人麻利地行动了。那动作混在电车的颠簸中，没有任何人注意到，除了他之外。

怎么回事？他还没来得及感到诧异，那人已经朝救了她的那位绅士袭击过去，然而这次没有击中目标。

那绅士为了保护她，瞬间和她换了位置。于是，她就成了被袭击的目标。

那之后的事他实在是不愿意再去回忆了。虽然不知道那个男人具体用了什么办法，使了什么凶器，然而，在代替那位绅士承受了那人的袭击后，她当场颓然倒地……接着，就成了不归人。

事态的发展实在太出人意料了，他一时间不知所措。要把那个男的扭送到警察面前吗？如此思考的瞬间，他胸中熊熊燃起了从未有过的怒火。这怒火大半是针对他自己的。

悲剧发生的时候，他什么都没做，只是远远地看着，袖手旁观。他并没有加害于她，甚至连自己的存在都隐藏了起来，结果却是这样。

这是"她的悲剧"吗？更重要的是，这是他的罪过，是无法挽回的过错。

要叫警察吗？事已至此万事休了吗？就这样借助政府的手把那家伙抓住？这可真是稳妥又正当，不过只是不求有功，但求无过的胆小鬼的做法吧！

想到这里，他把那个白领丢在地上的徽章捡了起来。他把徽章交给车站工作人员，同时指了指那个男人，说道："关于现场发生了什么，我想那个人应该比较清楚，可以做证。

喏，就是那边那个穿格子衬衫、戴眼镜的年轻人……啊，警察先生，您来得正好。"他装出一副只是路过的善良市民的样子说道。

这么一来，那个家伙的名字和身份就都记录在案了。他逃不掉了。

不只是那个家伙，让她因为这么无聊的事而死的家伙，都必须付出代价。

在调查过程中，他弄清楚了把她搞得那么精疲力竭的，正是她所在的电影制作公司，甚至也知道了是谁安排的排班表。那个男的必须死。

而且，她结束工作之后，本来应该有公司的车把她送到家的。然而，公司的车都出去了，无奈之下，她才乘坐普通的通勤电车回家。

为什么公司的车都出去了呢？因为那个公司的员工私自把车开出去了。他也知道了那个男人的名字。当然，那个男人也得死。

在他们身上用的就是作麻醉用的乙醚。一段时间后，它就会汽化，普通的尸检是查不出来的。而在这个国家，只要第一眼看上去觉得是事故导致的死亡，警方便只会做普通的尸检。

对于那个干制作经理的男的，他是趁其坐电梯的时候从背后向其喷雾的。于是那家伙就像个倒地的棒子一样滚了下去。可真是有趣的景象。

那个男员工，在开着公司的车运输的时候，因为引擎发热导致乙醚汽化。这件事也成功被认定为事故。擅自挪用公司的车，而且为了玩而导致别人死亡，最后不落个惨死可过不去。

那个白领也一样。他趁对方被隔离在公司疗养院时发起袭击，通过喷乙醚让其睡着后，再将其扔到了山谷的谷底。因为强烈的愤恨，竟然能使出这么大的力气，连他自己也佩服不已。那个人就这么毫无困难地被清除了。

然后，当然就是那个男的。

他围绕那个男的进行了仔细的调查，甚至针对其专业植物学做了些功课。尤其是他的亲人，因为被卷入殃及整个镇子的荒唐冤案中，虽然全员最后被判定为无罪，但都陷入了不幸。这让他义愤填膺，甚至产生了强烈的同情。

不过，那个男的本人好像并没有那么气愤，只是失去了富裕家庭提供的经济支持，让其很不爽。倒是他气得不行，并且在之后发挥了意想不到的作用——就是在批判"悬梁法官"的时候。

在进行了充分的调查后，他趁对方离开大学的研究室回家之际，照旧用乙醚将他催眠，然后将其带到了废弃工厂。在此基础上，他给对方注射了据说作为自白药剂而被准许使用的戊硫代巴比妥。也许是因为药效，或者是因为增加了身体的苦痛，他成功地问出了那个男人的一切行动计划。

就在这时，他从对方的口袋里发现了一封邀请函。那上面写着在一个叫天眼峡的地方有某种珍稀植物，还邀请这个男的前往当地的月琴亭。

他注射了更多的自白药剂，想进一步追问此事，然而好像那个男人也不是很清楚，只是说：天眼峡是"日本的圣米歇尔山"……之前自己去调查结果无功而返的是"日本的圣托里尼岛"，这回是圣米歇尔山……

听了这些胡言乱语，他还是不知道是怎么回事。

想必是这么回事吧：那个男人本以为是个和爱琴海的圣托里尼岛一样在地质学意义上很有意思的地方，结果过去一看，才发现只是个形态相似的旅游观光地，想找的植物也只是人工栽培在植物园里的。

所以这次要去的就是圣米歇尔山的日本版了吧。这时，他忽然福至心灵：要是自己化身成青冢草太朗，以这个家伙的身份前往天眼峡，会怎样呢？然后就这样销声匿迹，要是这么干，最后会怎样呢？

如今在这里只剩下半条命，早晚会断气的青冢草太朗，就会又多活几天。然后，他会在远离这里的旅途终点的某处失踪。

这么一想，他觉得把这当作在连续杀人的间隙的休息也不错，于是就装扮成青冢来到这里，没想到事情竟会变成这样。

只有一条通道作为出口的小岛，被带到这里的"悬梁法官"及其相关人员。所有人都有杀害千千岩征威的动机，而且他果真被杀了。

实际上，他是到了这时候才第一次注意到，当时到底发生了什么，以及青冢草太朗到底想干什么。

青冢草太朗想混在拥挤杂乱的车厢中，趁乱杀了那位温厚而勇敢、严格而沉着的绅士——千千岩征威。恐怕，那只是计划之外的突发行动。他们二人只是偶然乘了同一辆车，结果那个人心中就萌生了杀意。

事实上，车上的那位绅士，和青冢的亲人被卷入的选举违法案中的法官毫无关系，更别说那个尽显凄惨丑陋之态的"悬梁法官"了……

然后，千千岩法官就被杀了。就好像在车中偶然捡回的性命，经过些微的时间延迟后，再次被夺走了。

他不曾想到，当初是因为那位绅士，她——美崎琴绘——才失去了生命。而且他也没机会知道那人的身份，所以并没把他当作杀害对象，看来还是该毫不犹豫地处理掉才对。

要是那样的话，虽然不知道下手的是谁，但那个人就没必要再把人陆续聚集到这座岛上了，自己也就没必要在这些人中慌慌张张地扮演青冢草太朗了。

归根结底，是那个家伙不好。就是青冢草太朗。那家伙但凡爽利地让千千岩消失了，也不至于到这个地步了。也就是说，果然还是应该让青冢死的。真没必要对这件事有罪恶感，连徒劳感都没必要！

这么一想，他心中稍稍安定下来。然而，没能成功杀掉出现在此地的新目标，并且因此导致如今这般被抓住，只能说非常遗憾。

我知道那个矶崎健太有恋人。就是为了讨那个女人的欢心，他才用了公司的车，美崎琴绘也是因此才失去了生命。这么一想，那个女人也是罪该万死的，但实在是忙得顾不上。

这个围绕孕妇动粗事件犯下连环凶杀案，却并非"悬梁法官"被杀案凶手的人，默默地捏紧了拳头。

那个女人——月见里碧，竟然跑到这儿来了，而且还和美崎琴绘一样怀了身孕。但她并没有像美崎琴绘一样被夺走一切，还在这儿优哉游哉的！她连这里的青冢草太朗是假货都不知道就傻傻地靠近。既然这样，那无论如何都得杀她了……啊！可惜！太可惜了！

警方的船载着这个人离开天眼峡，为了避开媒体的阵仗兜了一大圈，朝附近某个港口旁的警察局驶去。

当然，无论是那个像平底锅一般的小岛，还是那里修筑的漂亮洋房，都不再是很久以前的模样了。

VI

"好像有点把大家搞晕了。"森江春策用略带歉意的语气说道,接着继续讲述起来。

"那么谁是凶手的挡箭牌,又把他藏在了暗处?在考虑这个问题之前,我想请各位再次试着回想一下当天晚上发生的事。我曾被各位怀疑是杀害法官的凶手——虽然只是暂时的,之所以会如此,是因为我没有看到在众人的环视下上了二楼的法官其人。

"我当时躺在床上,同时看着敞开的门外,所以如果有人经过,我不可能不知道。如果是千千岩法官,那就更是如此了。因为他的房间在最里面。但是……若那个男人进入的,是在**我的房间前面的房间**,就另当别论了。

"在我的房间之前的,是宇津木香也子和青冢草太朗的房间。也就是说,这两人中的某一个是'隐身人'的庇护者的可能性很大。可是此地的青冢,实际上并不是他本人,而且还发生了**那样的事**——这么一来……"

瞬间,一种异样的空气在人群中流动。然而,森江仍然用波澜不惊的语气继续说道:"这时我想起了我刚到岛上时看到的情景。当时我沿着从陆地到岛上的唯一通道开着车,路旁有一个人在行走。

"那个人遵守右侧通行的规则,在铺着木板的道路右侧走着。这时,因为我的车来了,那个人想避一下,结果手里拿的行李箱和身子一起朝海的那一侧歪了出去,看上去快要掉下去了。也就是说,那个人是用右手拿着行李箱的。

"但是,那个人由于过去所遭受的暴力伤害,应该是有右手无力的身体障碍的。那么,她没有理所当然地用左手,也就是在我的车这一侧的手,拿着行李箱,这不就很奇怪了吗?"

他话说到这里,每个人都战战兢兢地望向同一个方向。

众人的目光所指之处,是宇津木香也子一成不变的神秘笑脸。

"哎呀,有这回事吗?可是呢,我呀,只是拿东西的话,右手还是可以的呢。"她几乎是面不改色地回答道。

"的确如此。"森江回答道,"可是,还有另一件可疑的事。当时是天气多变的傍晚时分,突然下起了雨,于是你撑起了伞。但奇怪的是,明明雨是从右上方稀稀落落地斜落下来的,你却把伞架在左肩上斜撑着。这种做法,除了不想让别人凑得太近看到你的脸,是不是还有什么别的理由呢?没错……比方说,不想让别人盯着你的身体,特别是头部的左侧看,诸如此类。"

"嗯?你到底想说什么?之前我也给大家看过,我的胸口直到现在还留着伤疤，可是我的头和脖子的左侧，你们看，可是什么伤疤都没有呢！"宇津木香也子撩起头发，把光滑白皙的皮肤展示给众人看。

"没错，正在于此啊，宇津木女士。正是因为你身体的这个部分，别说伤疤了，连任何痕迹或特征都没有，所以那个人才不希望别人看到脖子的左侧。你怎么看？"

对于这个问题，对方没有回答。于是森江继续说道："现在我希望大家回想一下，那个冒牌千千岩法官上二楼时的姿势。我毕竟没有亲眼看到。可是根据诸位的证言，那个人围着一条围巾似的东西，而被认定是同一物品的围巾在屋顶被发现了。虽然看上去也十分正常，但我总觉得哪里不太对劲。因为，至少我本人从来没看到过千千岩法官那样围着围巾的打扮……不知道大家见过没有？"

听森江这么一问，众人互相看了看。结果堂堂芝和小梓给出的，却都是模棱两可的答案：

"没啊……没这印象啊。"

"这么一说，我发现我也没见过。你呢？"

被阿梓这么一问，香也子便冷冷地答道："嗯，的确如此。"

她的语调仍然没有任何变化，而微笑却从脸上消失得无影无踪。

"而且，"森江继续说道，"从这里看过去，如果有人沿着那个楼梯从右下方往左上方走，无论其是否愿意都一定会被人看到的就是其左半身。从特意隐藏起左侧这点来看，那个冒牌法官，也就是杀害千千岩法官的最大嫌疑人，和我最开始看到的那位宇津木香也子，可以说是完美吻合的。也就是说……"

"就是说，刚刚说到的那个'隐身人'，果然是个男人……"

"原来他时而穿上女装，时而装扮成被自己杀死的人啊！"堂堂芝昌平和狮子堂警部补异口同声地说道。

接着是门胁梓的大叫："这怎么可能……这个人为什么要这么做呀？"

森江语含歉意地说道：

"这是因为……她要为'隐身人'杀害千千岩征威提供支援，在这个宏大的计划里承担部分任务。像我、堂堂芝先生、门胁梓女士，以及真正的青冢草太朗先生，我们都是以这座岛为舞台的封闭空间杀人剧的点缀，是为了扰乱搜查而准备的杂众，被人利用胡说八道的邀请函叫到这儿来的。

"恐怕宇津木女士为了准备舞台，事先就到岛上了，之后乔装成她的凶手才抵达这里。紧接着，凶手和真身交换角色，剩下的就只是等待行凶时机。在顺利作案之后，凶手再乔装成千千岩法官，在大家的注视之下上了二楼，然后藏身在宇津木女士的房间里。

"这个时候，如果不是因为不能喝酒的我早早地回到了房间里，或者我回了房间却没有把房门紧闭，这计划就是完美无瑕的。这之后凶手只要趁着混乱，悄悄地从房间里溜出去……"

"那之后怎么办?从房间里溜出来后,凶手去了哪儿?又是怎么逃出去的呢?"狮子堂警部补咆哮道。

"恐怕是趁着夜里没光,借助黎明前退潮露出的路桥,回到陆地去了。那之后的事情,我就实在是无能为力了。"

"你等一下。当时退潮的水位很高,路桥应该是不能通行的哦。"

"是啊。所以我们大伙才心急火燎地开着车回来了,不是吗?"

门胁梓和堂堂芝昌平相继发言。

"没错……车的确是不行。但是徒步的话,反而是可能的,只要不会连被海水弄湿脚都受不了就可以。另外,有件事我从那时开始就在注意了,就是如果各位从桥那边冲回来的时间,比真正的干潮时间稍微早了那么一点的话,情况会变成怎样呢?"

森江的话让堂堂芝大吃了一惊。"这、这是怎么回事啊?"

"也就是说,当时我们大家看到的潮汐表,真的是准确的表吗?狮子堂先生,这件事你怎么看?"

"啊?哦哦,那个啊……"被森江这么一问,狮子堂警部补把手伸进了口袋。过了一会儿,他掏出了一张皱皱巴巴的纸片,展开来后,说道:"呃,我们问了问附近的气象台,实在是……我们跟刚才前台的那个潮汐表比对了一下,但好像没什么特别奇怪的地方啊。气象台的回答也跟潮汐表一样,说今天黎明前的干潮时间是早上四点十三分……"

"啊?应该没有那么早吧……因为,我四点看表的时候,还在想:时候还稍早了点呢!"森江说着,一脸吃惊地看向宇津木香也子的脸。

她露出冷冷的笑,说:"嗯?怎么了?"

"宇津木女士,你该不会是把潮汐表偷梁换柱了吧?本来贴在前台的那张表,虽然大体上是准确的,但只有今天早上的干潮时间比实际时间晚。而我们去看的时候,海水的深度已经到了别说开车,即使是徒步也要犹豫的程度。这是曾经降低的海平面再次上升后产生的结果,所以要是在准确的干潮时间过去,应该可以轻松地徒步回到陆地上……"

"真是非常有意思的故事,前提是你能把留在你记忆里的干潮时间,从你的脑袋里掏出来给大伙看到。要是没办法的话……"香也子一副非常好笑的样子,一边从喉咙深处发出咯咯的笑声,一边看向森江。

被戳中痛点之后,森江转向堂堂芝昌平和门胁梓,询问当时大家确认的干潮时间是几点几分。然而,突然被要求寻找准确的记忆,他们二人好像一下子没了自信。要说可能记得的,应该是当时表现出最大热情的冒牌青冢草太朗,当然也不可能去问他了。

"行了行了,你们俩都差不多就行了。"狮子堂警部补看了看互相瞪着对方的森江和香也子,插话进来。

"总之,杀害法官的凶手是徒步从小岛离开的。那时水位下降得足够多,但是等诸位相关的人赶过去的时候,潮水又涨了上来——到此为止,没什么异议吧?"

"嗯。"森江答得言简意赅。

于是，狮子堂警部补又继续说道："可是比起这个，还有更要紧的事吧？比起杀死法官的凶手是怎么从这儿逃出去的，还有更重要的事，怎么解释啊？"

"哦，你说那件事啊……"森江春策立刻露出一脸为难的神色。在短暂的沉默之后，他孤注一掷一般开了口："事实上，关于杀害千千岩法官的凶手是谁，这个问题我也没有答案。这是因为，这个人物不仅不在此地，而且除了两次变装的身影，一次都没有露面。对其名字之类的，我们更是一无所知。此时不在的凶手——当然，要是宇津木女士愿意告诉我们那人的真实身份，就另当别论了。不过，你应该没有这种打算吧？"

"嗯，当然了。"面对森江的提问，宇津木香也子莞尔一笑，斩钉截铁地答道。

"我想也是。"森江春策挠了挠头，说道，"所以，这种行为就相当于将侦探小说中不在出场人物表中，并且也未在正文中写到的人物指认为凶手。然而……总之，先走着看吧。

"首先，这个人必须拥有能够变装成宇津木香也子女士的身体。既然他肯定是男性，那么他的身材一定偏中性、比较瘦削，脸型应该也是细长的。然后，他当然是右撇子。不过，这一点对于定位凶手不太派得上用场就是了。

"另外，这个人无论是扮成宇津木香也子女士的时候，还是假装成千千岩法官的时候，都将脖子左侧藏起来了，由此可以推测，那里必定有某种特征。

"那么,究竟是什么特征呢?这个问题不好回答,不过想必是烧伤、创伤,或是痦子、黑痣之类的……再就是,如果允许思路稍微发散一下的话,还有一种可能性,就是小提琴的磨痕。"

"小……小提琴?"

听到一旁发出的怪叫,森江点了点头,说:"是的。小提琴演奏者一般是右手执琴弓,左手持琴体,夹在左下巴的下侧。当然,要是事先用了垫肩之类的,是完全可以避免留下磨痕的。然而,要是从小时候开始,每天练好几个小时,长此以往,就会长出一种类似老茧的东西,有不少还会变成暗红色。而且最重要的是,请大家不要忘了这一点:这个人本人或与其相关的人,一定曾经在千千岩法官的法庭审判中遭遇过不幸。在此基础上,不管是出于纯粹的偶然,还是经由职场上获得的机会,总之是个有办法认识宇津木女士的人……"

森江刚说到这里,便忽而听到众人中有人发出"啊"的一声,出声的人是月见里碧。"你这么一说……"

森江朝她那个方向瞥了一眼,而后继续道:

"在那件连我也牵扯颇深的七濑案中,还有这样一件事。虽然怎么想都感觉被告人身上冤屈深重,但司法官员被百分之九十九点九这一在世界范围内也属异常的有罪率束缚着,所以很难做出无罪判决。在合议庭上,负责起草判决书的是助理法官。那位助理法官,年纪比审判长和右侧陪审员小得多,头脑也更灵活。显然,他通过自由心证得出了被告人无罪的结论。然而，在死板僵化的法庭中，这是不被允许的。

"于是，年轻的助理法官一面确信被告人是无辜的，一面不得不写下宣判其有罪的判决书。即使对构成基础的证据完全不能接受，也全然不能相信，他仍然不得不据此坐实被告人的罪恶。这是多么恐怖而罪孽深重的行为啊，对此一无所知的，恐怕只有当时的法官吧。

"最后，被告人被判决有罪，一边大叫着冤枉，一边落得在看守所了此一生。即使他坚持上诉，二审和三审也全被驳回。据说那位助理法官无法接受这样的事实，深陷绝望，连拼尽全力获得的法官席位也放弃了。他心中始终不得安宁，精神失常，最终结束了自己的生命。

"另外，我不知何时还听别人说过，说那位助理法官有一个非常有艺术天赋的弟弟，尤其是作为天才小提琴家而备受期待。但是在那件事之后，那位弟弟就选择了完全不相干的人生方向……"

森江娓娓道来的声音中，只有无尽的同情与哀伤。到方才为止还沉浸于推理、摆弄着逻辑的"侦探"表情，不知何时已消失得无影无踪。

"森江先生……"忽然，宇津木香也子仿佛耐不住了似的开了口。在她的脸上，某种情绪仿佛苏醒了，那是和刚才截然不同的人情味，尤其是和森江心意相通的某种哀伤之情。这究竟是因为他的天真，还是因为……

VII

"你回来了啊，小月见？辛苦你啦。话说那个'日本的圣米歇尔山'还是什么的杀人案调查得怎么样？"

一如既往的办公室，一如既往的工位，印南先生也是一如既往地转过椅子来，脑袋微倾着看向我。

无论是他的笑脸，还是其他一切，都和几天前没什么不同。然而，在我眼中，一切都变了，尤其是眼前的这个人，看上去已经宛如另一个人。

或许是这个人干的——不对，一定是他干的，我正是对此心知肚明，才会有此感想。

这也是有可能的吧。然而除此之外，我只能说，对于这个内心温柔灵巧的人那痛苦的过去，对于这个外表温润的人那深藏于心的沉重情感，我一点也不曾注意到。

我对这个人有好感，甚至可能比好感还多一些。然而，我对他最重要的那一部分，那个必须被拯救、必须痊愈的伤痕却一无所知，这是何等地讽刺。

但是，现在我知道了。不如说，是经人提醒后才知道的：随着时间的推移，他的思念越发无法平息，最终他犯下了那桩罪行。

虽然我只是看过照片，但他和那位愤而寻死的法官哥哥几乎一模一样。那天晚上，"悬梁法官"突然遇见他的那一瞬间，该是多么惊恐啊。

然而，无论对印南先生和他当时见到的其他人来说，千千岩征威是个多么冷血、残暴的法官；对我和去世的美崎琴绘女士来说，他都是一位勇敢的、无懈可击的绅士。

正因为如此，听说那位法官被杀后，我就赶到了岛上，我无法原谅那个凶手。这件事不能就这么算了。

"那个，印南先生。"我调整了一下呼吸，下定决心开了口，"我有几句话想和你说，不知道你现在方便吗……"

我，作者月见里碧，"蓝色野梨笔记"的管理员"蓝色野梨"，就此开放这里的隐藏内容，与此同时，向各位宣布博客关闭。

感谢各位一路读到现在。

A・Y

篇尾的对话

"也就是说，森江先生……"新岛友香一边说着，一边替看起来精疲力竭的老板握着方向盘。

昨天晚上，她从他口里获知，他不得不在天眼峡那个封闭的小岛上过一夜。早上又听说那边发生了案子之后，她便立刻飞驰过来。

"这回可以说，一方面解决了 A 和 B 两个案子，另一方面两个案子又都没法指明凶手姓甚名谁。这可真是闻所未闻呀！"

"这不是没办法吗？谁让案子 A 的凶手偷偷跑到了案子 B 里头去，而案子 B 的凶手也到案子 A 里头耍了一把。这么稀奇古怪的麻烦案子，连我也是头一回遇到……而且，其中所包含的每个人的悲剧与思念，也是寻常案子的一倍不止啊。"

"这倒也是……希望大家都能幸福吧，无论是犯下罪行的人，还是无辜的人。特别是月见里女士，是叫这个吧？希望她能生下一个健康的宝宝。"友香感慨万分地说道，忽而又噗的一声笑了出来。

"喂，又怎么了？什么事那么好笑啊？"

"不好意思，是我不够严肃了。只是……哎呀，就是森江先生那个侦探小说家朋友——总让森江先生提供素材的那个人，不知这次的案子他会以怎样的形式写成小说呢？会不会超级难搞呢？这么一想，就觉得有点好笑。"

"哦，你说他啊……哎呀，人家那是专业的，肯定有办法就是了。"

森江不负责任地回答完，友香一脸愉快地说道："那个人抓耳挠腮的样子，我现在就能想象出来。哎呀，到底会是什么样的书呢，还是写不成书呢……"

森江被她朝气蓬勃的微笑吸引着，忽而扭头看向了窗外。

眼前所见，正是姿态、角度和来时完全相同的平底锅形状的小岛。然而，这座岛也很快被其他景色遮住，消失在视野中……